O fantasma de Karl Marx

Ao petit coco

O fantasma de Karl Marx

Escrito por
Ronan de Calan

Ilustrado por
Donatien Mary

Tradução
André Telles

martins fontes
selo martins

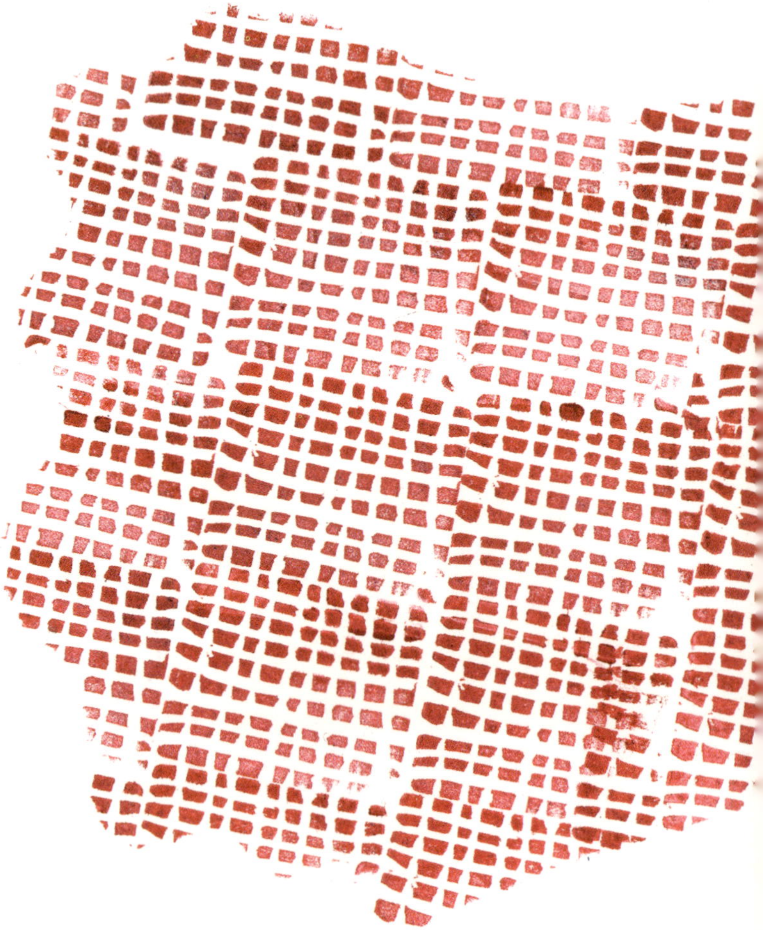

Um espectro assombra a Europa...

Guten Tag! Bom dia! Não tenha medo, é apenas um lençol. Meu nome é Karl Marx. Minha juventude já vai longe, daqui a pouco festejarei meus duzentos anos! Mas não acredite que estou morto só por vagar assim como um fantasma! Não acredite em quem diz isso, repete e adora repetir. Sou eu de verdade, em carne e osso, inteirinho, carne e osso, escondido sob um lençol! Um lençol me basta para enganar aqueles que me perseguiam antigamente, pois todas as nações da Europa haviam se aliado numa *santa caçada* na qual eu era a lebre!

Isso fez com que eu batesse em retirada, assim como a lebre abandona a toca farejada pelos cães, indo de Berlim para Paris, de Paris para Bruxelas, de Bruxelas para Londres, sempre escapando de meus perseguidores. Mas hoje este lençol serve principalmente para amedrontá-los, como você verá! Morto, eles acreditam em mim; espectro, morrem de medo...

O que estou fazendo disfarçado sob este lençol? É uma longa história, a da *luta de classes*. Uma história triste, mas à qual tentaremos, juntos, dar um desfecho alegre, um final feliz, pois de que adianta inventar fins se eles não forem felizes?

Essa história começa poucos anos antes do meu nascimento, numa região com o bonito nome de Silésia, na Alemanha, meu país natal. Na Silésia, viviam famílias de modestos camponeses que tinham acabado de escapar da opressão de senhores gananciosos e indolentes. Eles cultivavam livremente suas glebas e vendiam seu trigo na cidade.

Um dia foram à cidade vender trigo, e o comerciante lhes disse:

O trigo de vocês está caro demais! Os camponeses da Vestfália que usam as novas máquinas agrícolas me vendem o mesmo trigo mais barato. De agora em diante, será com eles que negociarei, não com vocês! Não me olhem desse jeito: a culpa não é minha, são as regras do Mercado!

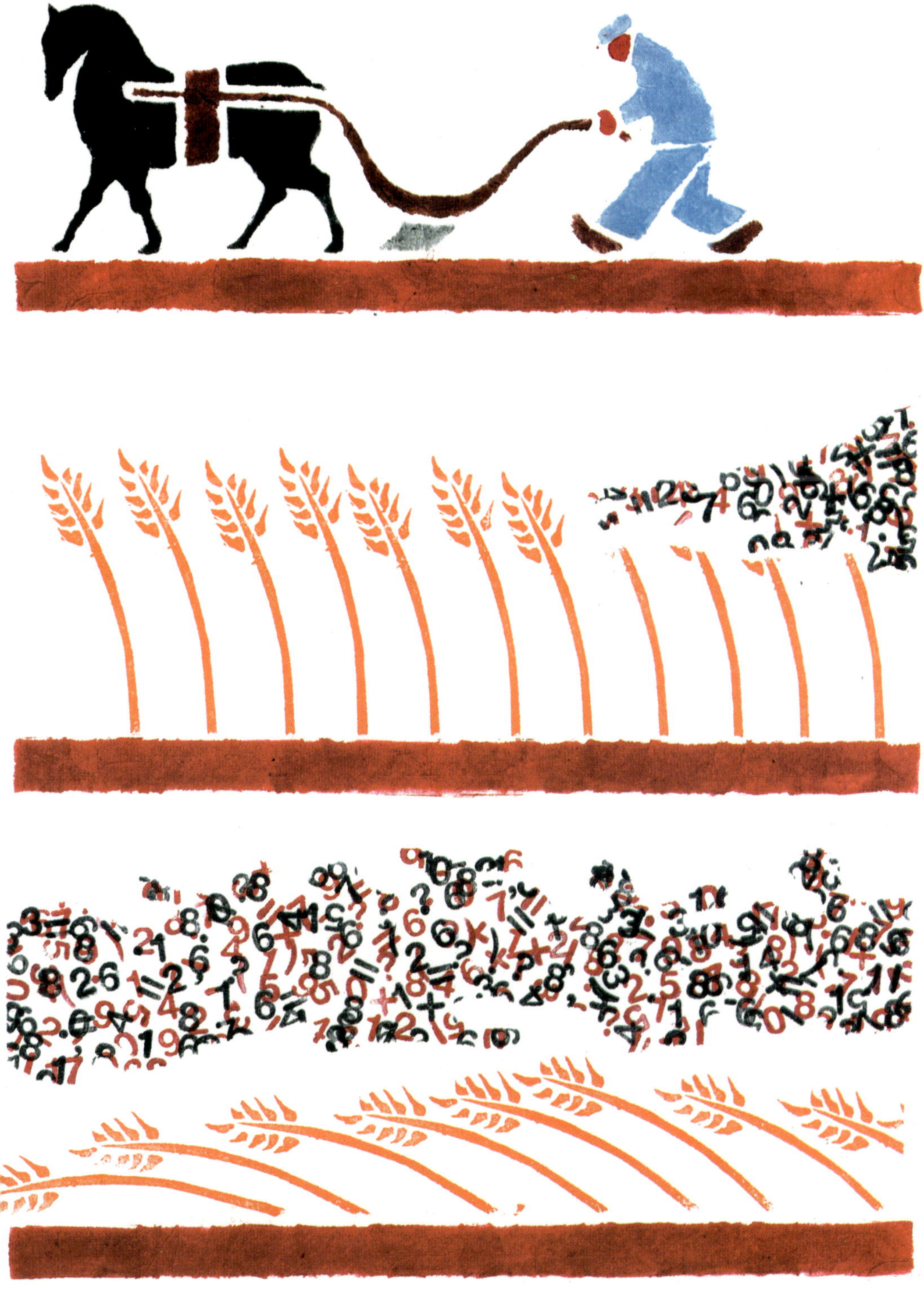

10

Os camponeses da Silésia voltaram decepcionados para casa e, com o passar dos meses, foram obrigados a comer todo o seu estoque de trigo. No ano seguinte, sem dinheiro para comprar sementes para o replantio, viram-se forçados a vender suas casas.

Quando o empresário chegou para comprar suas casas, declarou:

Suas casas custam os olhos da cara! Os camponeses da Pomerânia, que também abandonaram suas plantações, estão vendendo mais barato. E não encontram comprador! Aceitem essas moedinhas pelas casas e vão procurar trabalho na cidade! E não me olhem desse jeito, não tenho nada a ver com isso, é a lei do Mercado!

Então os camponeses da Silésia foram para a cidade, pois tudo termina na cidade. Não tendo mais quase nada, não levaram quase nada: roupa de cama, alguns móveis e os velhos teares que, com linho ou algodão, eles usavam para confeccionar roupas e lençóis.

Na cidade, acabaram virando tecelões, mais precisamente tecelões em domicílio, isto é, fabricavam tecidos em casa. Teciam dia e noite e, de tanto tecer, conseguiram, com o decorrer dos meses e dos anos, sustentar a família, construir um teto, comprar móveis e reaver a esperança. Mas um belo dia o comerciante de tecidos a quem eles vendiam suas peças lhes disse:

Suas peças estão caríssimas! As fábricas têxteis de Frankfurt me vendem mais barato! De agora em diante, é com elas que irei negociar. Quanto a vocês, arranjem um emprego na fábrica. E não me olhem desse jeito: não tenho nada a ver com seus problemas, é a dura realidade do Mercado!

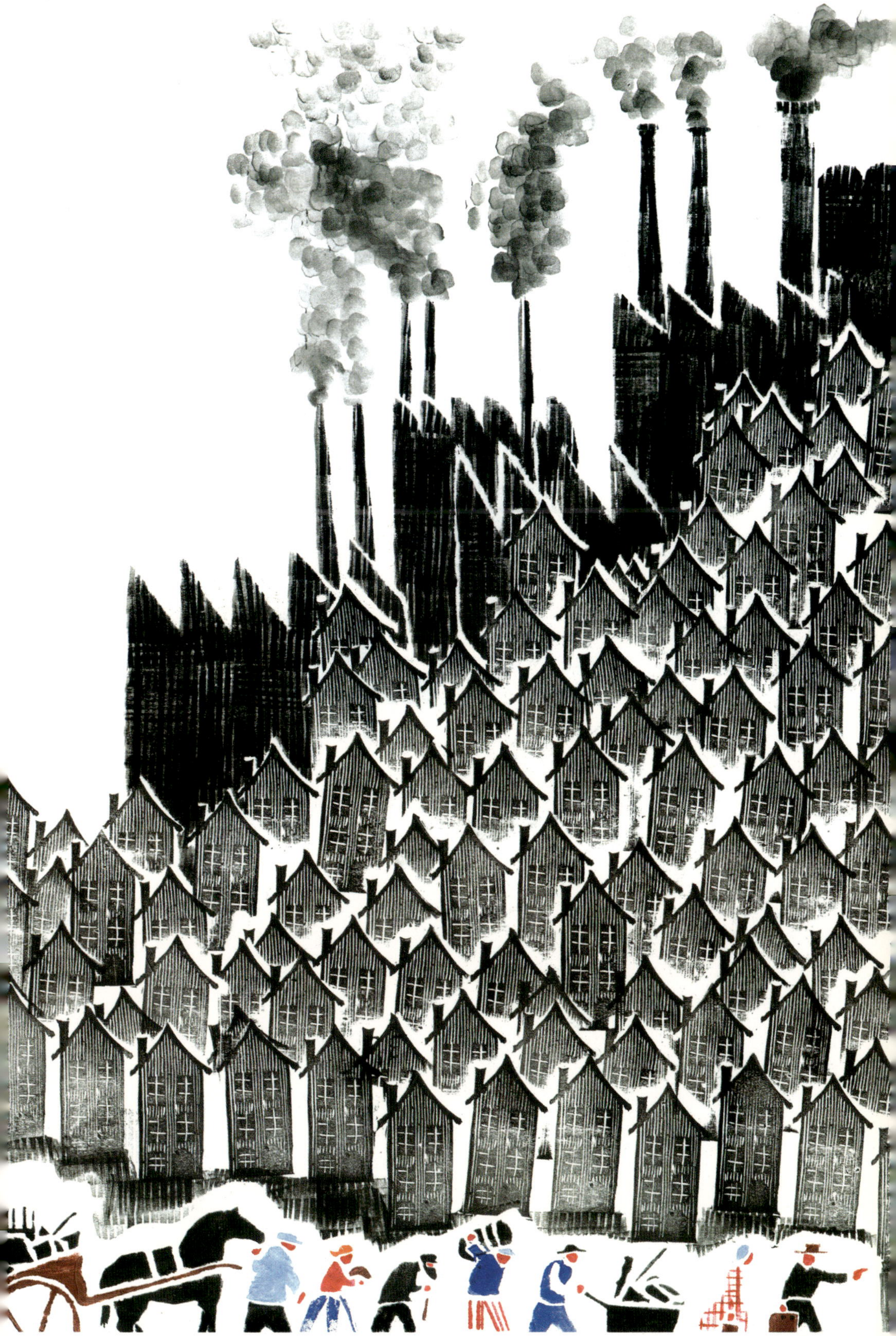

Desesperados, os tecelões da Silésia dirigiram-se à fábrica de tecidos. Chegando lá, depararam com uma multidão diante dos portões: eram camponeses como eles, que haviam sido obrigados a abandonar suas terras, pequenos artesãos arruinados pelas fábricas, jovens que tinham dilapidado num piscar de olhos sua magra fortuna, e até pequenos comerciantes que não haviam compreendido as regras do Mercado. Vinham todos engrossar as fileiras dessa classe laboriosa que chamamos de *proletariado*: aquelas pessoas não tinham mais nada para vender, e assim sobreviver, a não ser sua *força de trabalho*, a força de seus braços.

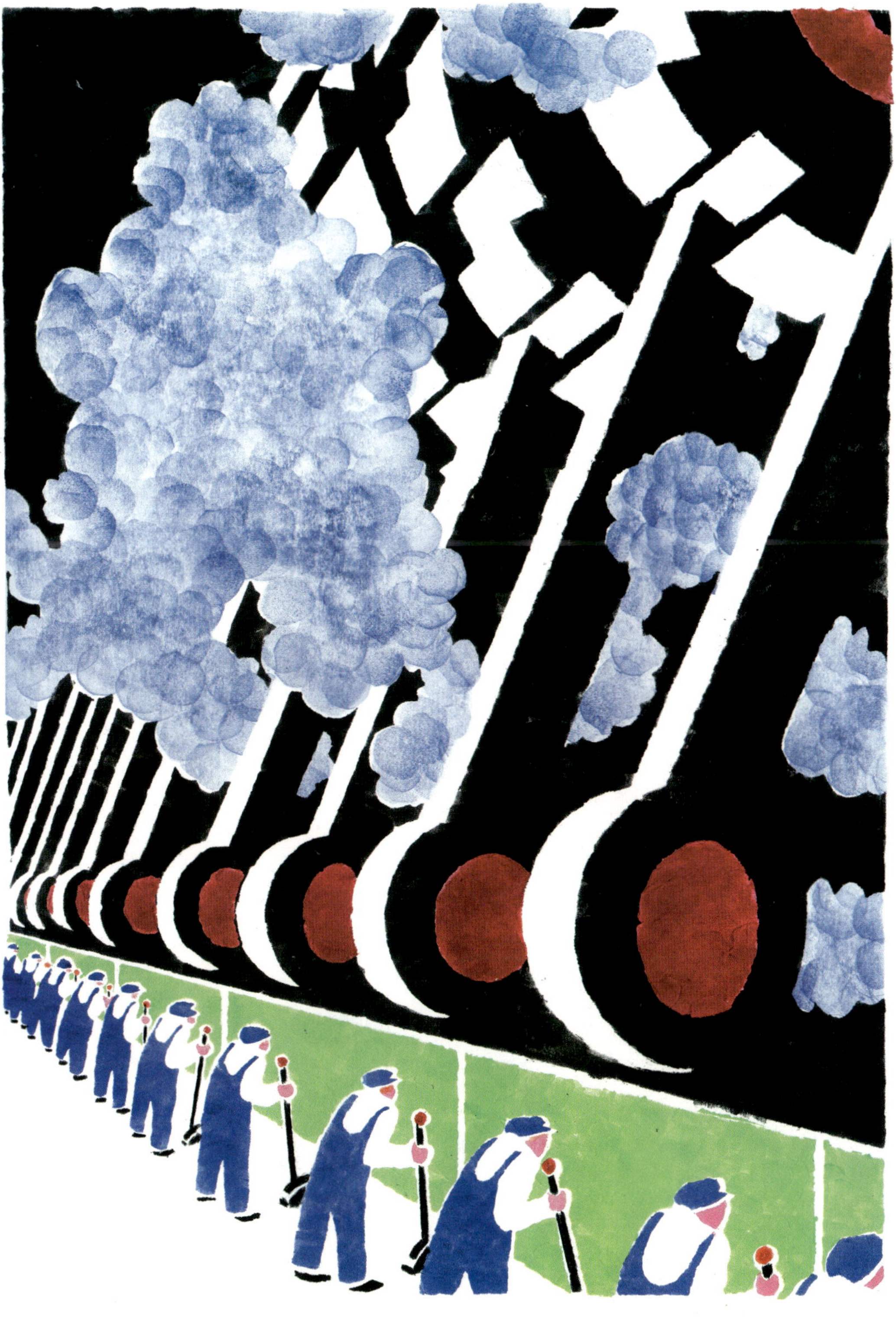

Um contramestre encarregado da contratação postava-se à frente deles, em cima de um estrado. Com uma voz estrondosa e firme, declarou:

Vocês são muito numerosos, não precisamos de tantos braços. Portanto, só contrataremos os que trabalharem por um preço baixo. De agora em diante, é só com eles que negociaremos, e com mais ninguém. Façam suas propostas e não me olhem desse jeito: a culpa não é minha, é assim que o Mercado funciona!

Um primeiro operário, já idoso, ofereceu um preço irrisório por suas mirradas forças. Chegou então um rapaz mais forte, porém faminto, que propôs um valor ainda mais baixo, ridiculamente baixo. Um terceiro, finalmente, apontou para os filhos e disse que os ofereceria de graça como mão de obra se o contratassem. O emprego era de quem trabalhasse mais para ganhar menos!

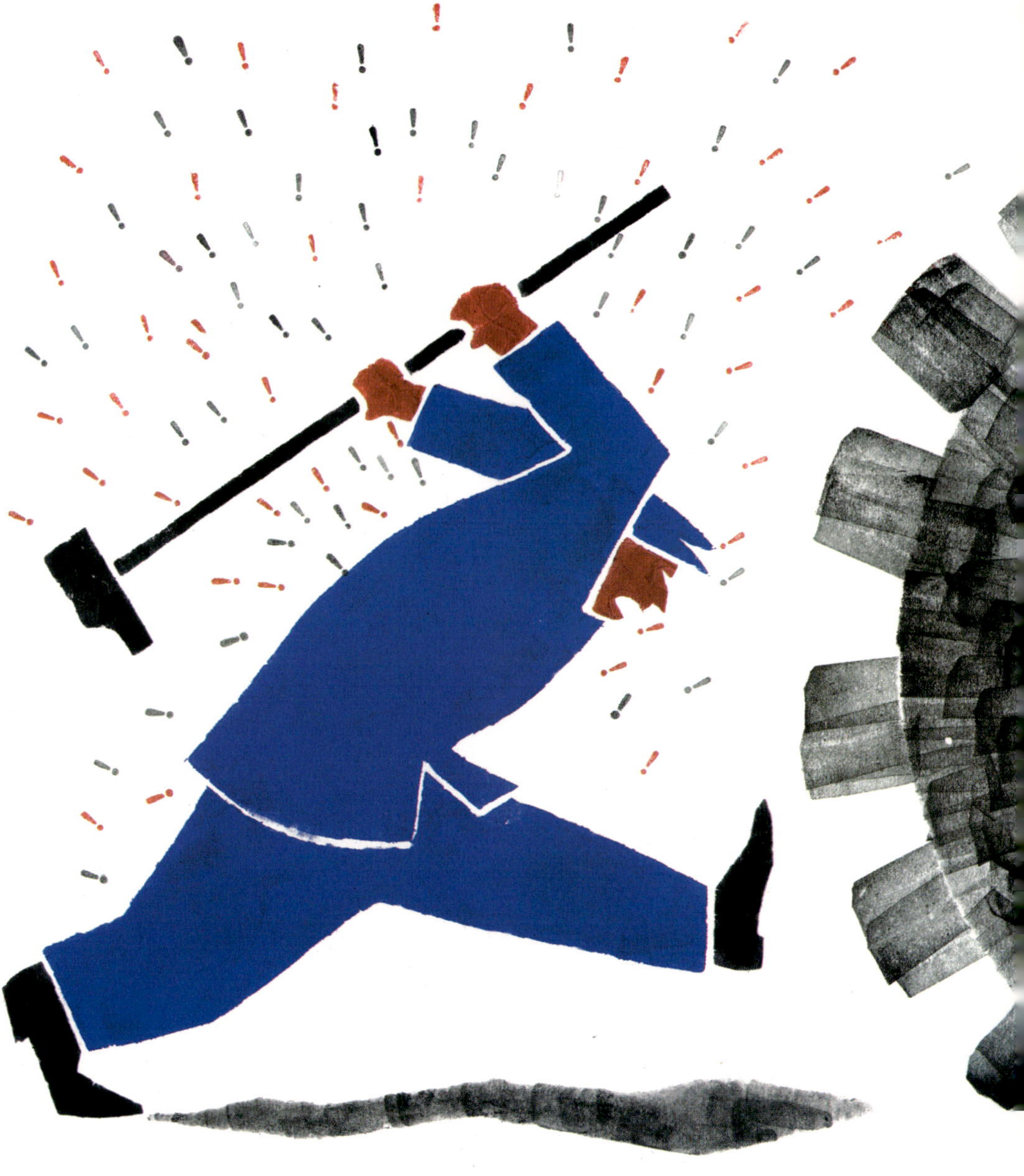

Foi então que os tecelões se encheram. Encheram-se daquele Mercado que eles não conheciam, mas que, como um mágico invocando poderes infernais, roubara-lhes as plantações, a casa, o trabalho e agora queria roubar seu corpo e suas forças. Como não sabiam a quem dirigir sua raiva, atacaram primeiro o estrado onde se encontrava o contramestre, que, amedrontado, fugiu. Depois invadiram a tecelagem, quebrando as máquinas utilizadas para fabricar tecidos a preços mais baixos, tornando-as inúteis. Em sua ira, atearam fogo nos estoques de tecidos. Enquanto o fogo se alastrava, os tecelões revoltados perceberam, cercando a fábrica, soldados com fuzis apontados em sua direção.

O contramestre tinha ido avisar o chefe, que tinha ido avisar o diretor da fábrica, que tinha ido avisar as autoridades, que tinham ido avisar o próprio Rei, e o Rei se pronunciou:

Pequenos tecelões e artesãos têxteis em domicílio querem destruir uma fábrica que não lhes pertence. Eles questionam, digo, eles violam a propriedade, que é a base de nossa sociedade moderna, nossa sociedade de Mercado! Precisamos impedi-los! Digam aos soldados de nosso exército para dispersarem esses desordeiros ou os prenderem, e, se eles teimarem, que abram fogo! Digam também que não é apenas o Rei que exige isso, mas o próprio Mercado!

Então os soldados cercaram a fábrica para defender
o Mercado e a propriedade privada. Ao tomarem
conhecimento do fato, os tecelões investiram violentamente
contra os soldados, julgando travar finalmente uma luta
aberta contra o Mercado e seus agentes invisíveis, uma
classe de exploradores agora representada e encarnada pelo
exército. Pois assim avança a luta de classes: nunca sabemos
exatamente contra quem lutar para vencer, e volta e meia
nos enganamos de inimigo.

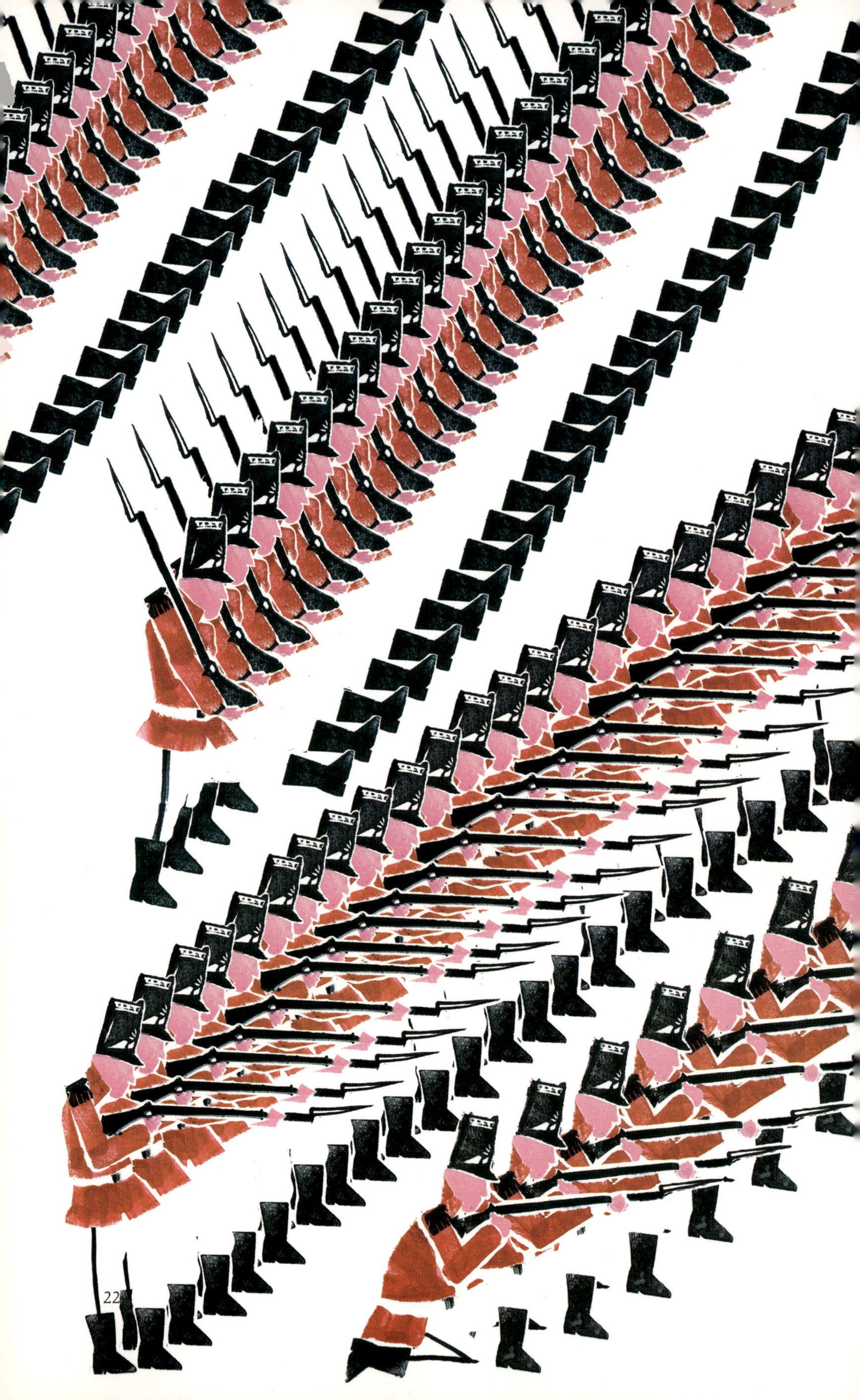

Mas o que podiam fazer tecelões famintos contra soldados armados com ordens para atirar e, como se não bastasse, em nome do Mercado?

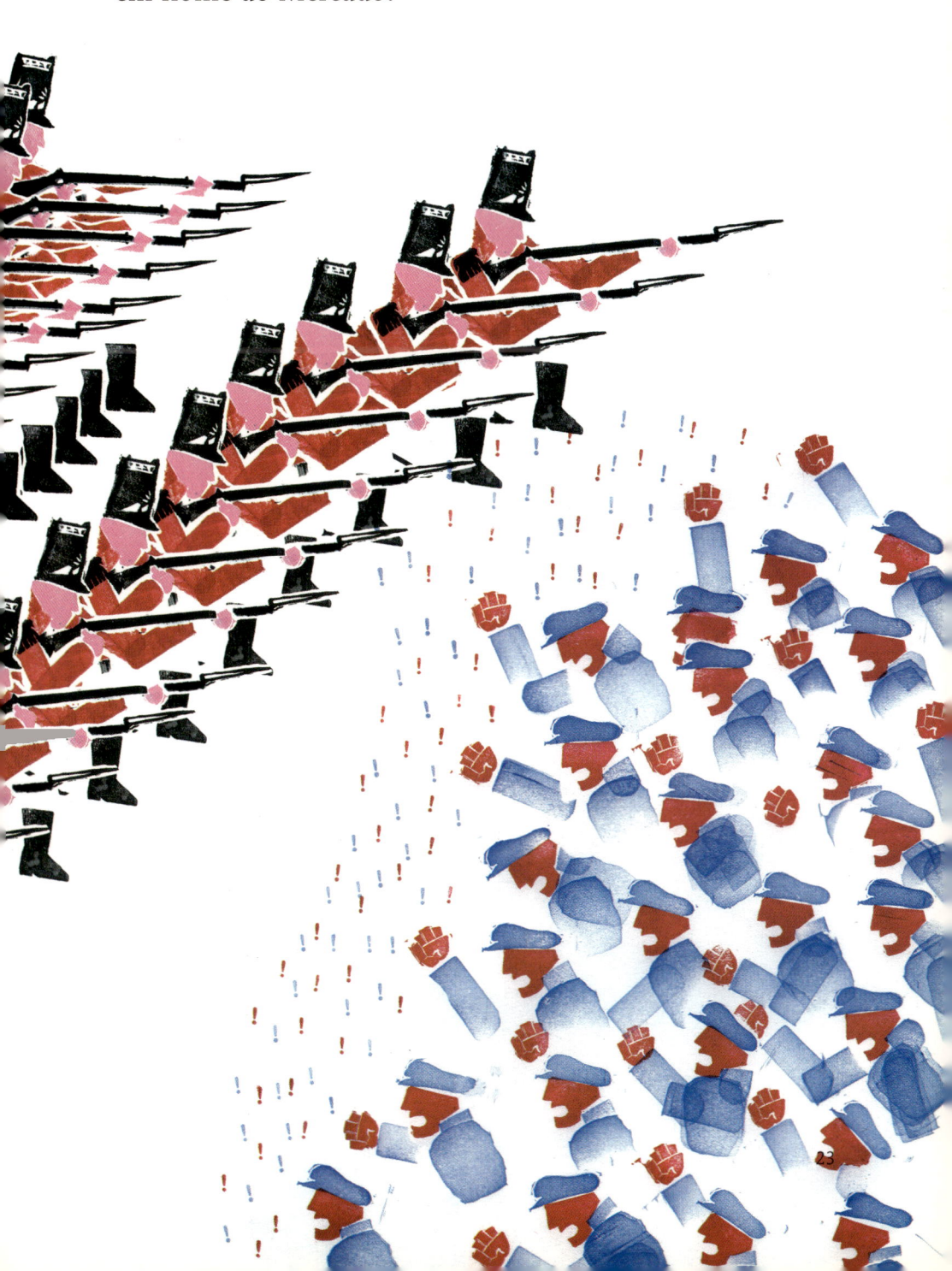

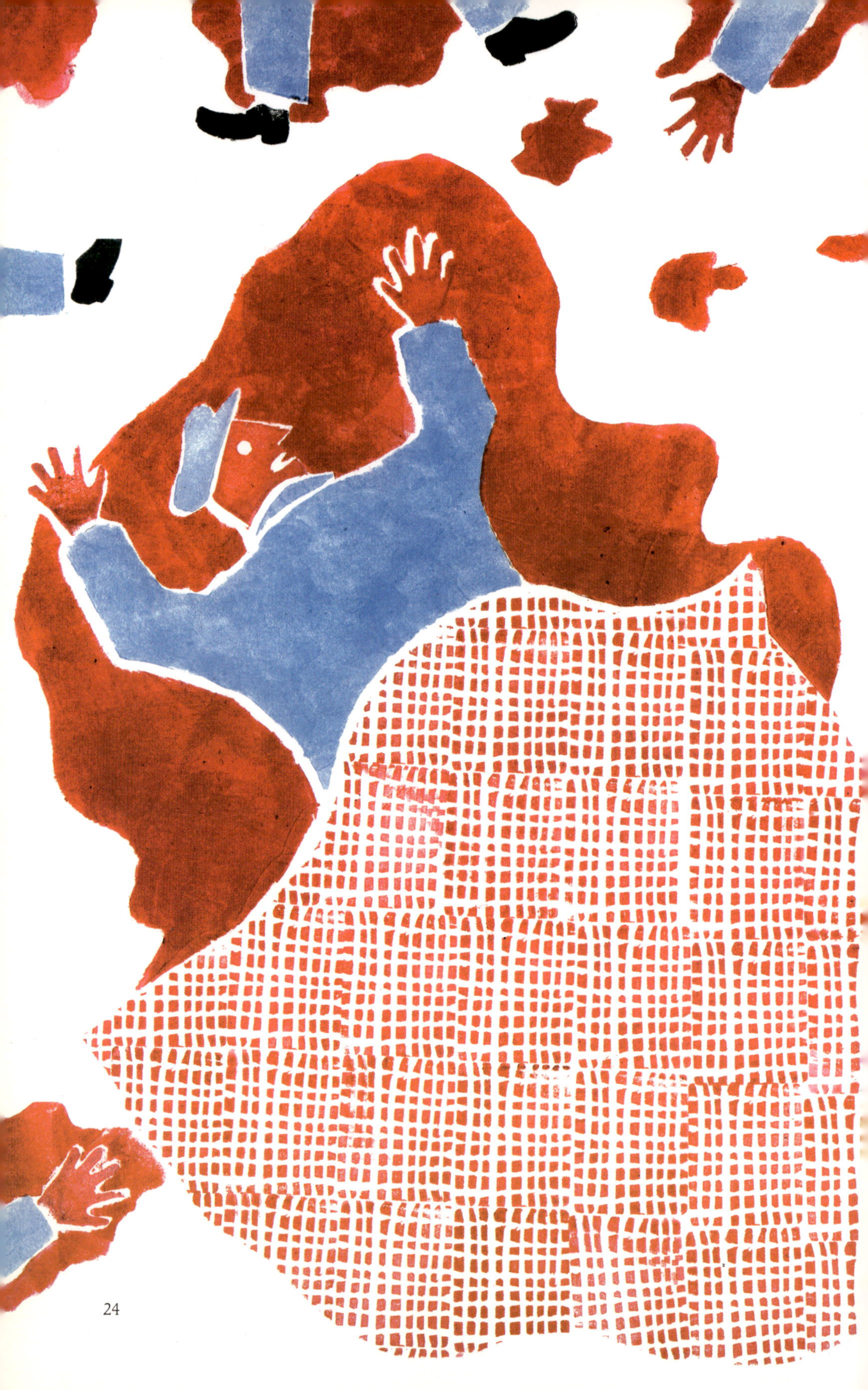

Eu, Karl Marx, jovem estudante de filosofia recém-
-chegado à cidade, encontrava-me nas imediações da
fábrica aquela manhã e vi os tecelões tombarem sob as
balas dos soldados. Após havê-los expropriado, exilado,
arruinado e explorado, o Mercado acabava por ceifar sua
vida. Assim, diante daquele triste espetáculo, estabeleci
para mim mesmo um imperativo categórico, segundo
a expressão do filósofo Kant, ou seja, fiz o seguinte
juramento solene: trabalhar a vida inteira para derrubar
tudo o que faz do homem uma criatura humilhada,
subjugada, abandonada, desprezada. Jurei acima de tudo
encontrar o Mercado, esse mágico infernal, e, para o bem
de todos, eliminá-lo de uma vez por todas. A fim de nunca
mais esquecer meu juramento, apoderei-me de um pano
caído no chão durante aquela luta desigual: um lençol
dos tecelões da Silésia! Foi para me lembrar deles que o
trouxe comigo. Hoje em dia ele me serve de esconderijo
quando sou perseguido, ou então para assustar meus
perseguidores.

Agora que você conhece a triste história dos tecelões da Silésia, um exemplo sinistro da luta de classes, vamos lhe dar um desfecho alegre, um final feliz: avante, vamos atacar o Mercado!

O que fazer? E o principal: por onde começar? Vamos dar uma volta no mercado, no sentido corriqueiro que damos a esse termo. No mercado da Praça das Festas*, por exemplo, vende-se de tudo: peixe e carne, frutas e legumes, móveis e brinquedos. Atenção: o mercado da Praça das Festas não é exatamente o Mercado que procuramos! Porém, como utilizamos a mesma palavra para designar o que acontece todas as sextas-feiras na Praça das Festas, que parece bastante inocente, e para o mágico infernal que rouba terras e casas, escraviza corpos e mata operários, deve mesmo haver um elo entre um e outro, e esse elo, acho que descobri qual é!

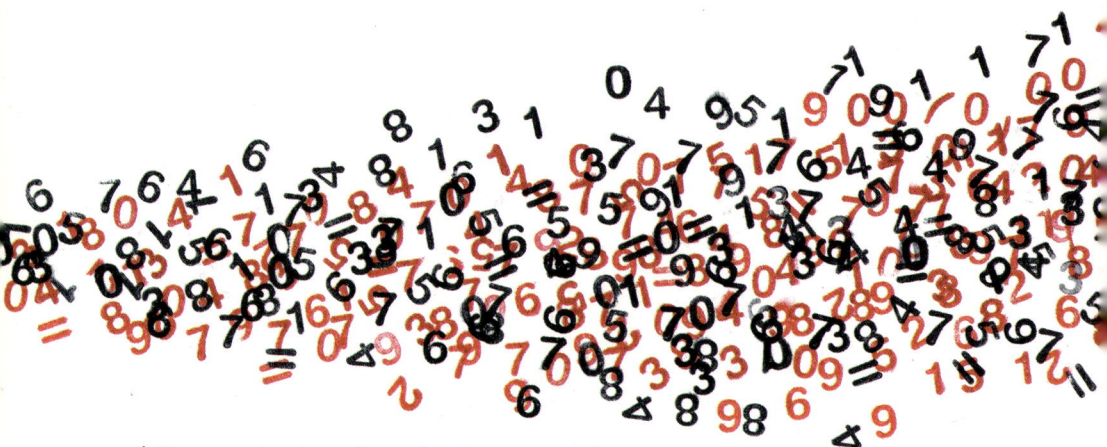

* Mercado situado na Praça das Festas, em Paris. Funciona às terças-feiras, sextas-feiras e domingos.

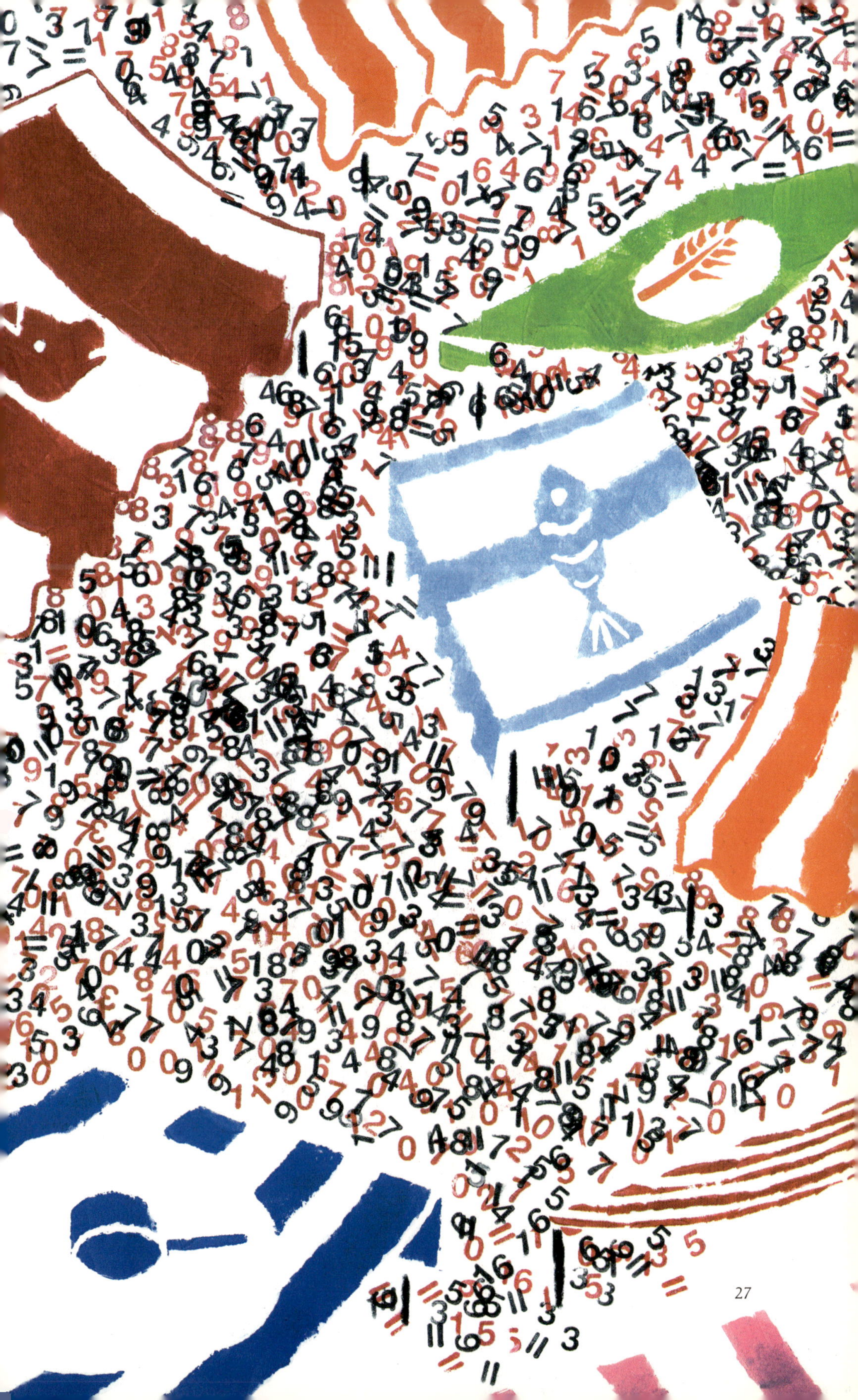

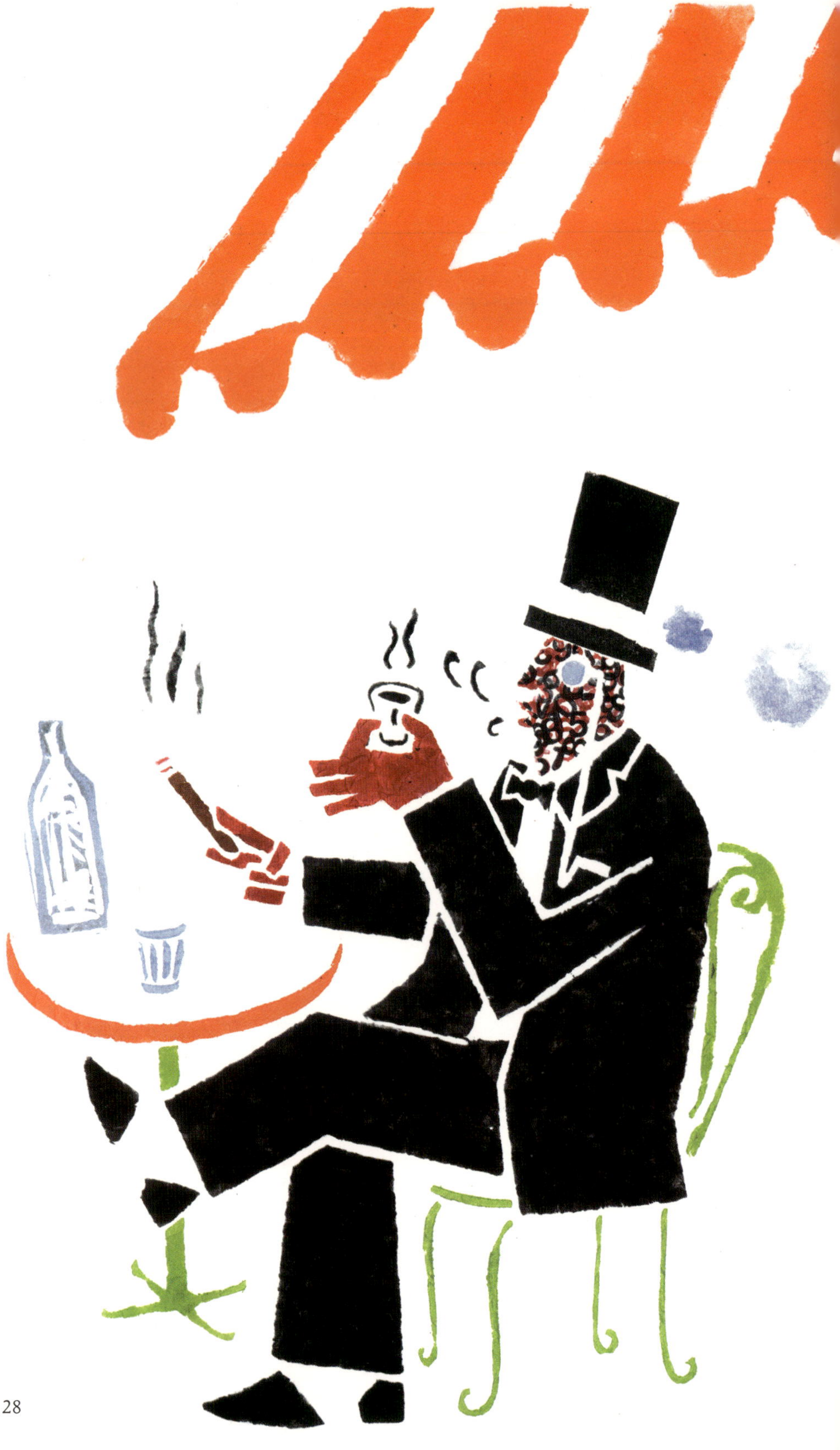

Atenção ao passar! Sentado numa varanda, *Das Kapital* toma seu café. É elegante, educado e simpático, e alguns chegam a dizer que tem um coração de ouro, igual ao seu relógio. Quero muito acreditar nisso, mas veremos que, como sempre, as coisas são mais complicadas quando o Mercado entra na dança.

Por ora, deixemos *Das Kapital* terminar sossegadamente seu café; iremos encontrá-lo em breve.

E, então, o que você vê neste mercado? Um *imenso acúmulo de mercadorias*, exatamente isso. Cada mercadoria tem sua utilidade, seu valor de uso: as frutas e os legumes, a carne e o peixe são destinados à alimentação... em todo caso, é o melhor uso que podemos lhes dar! A cadeira de palha serve para sentar – esse é o seu uso. O brinquedo, para brincar – também é esse seu uso. Desse ponto de vista, essas mercadorias têm valores de uso diferentes, às vezes até bem difíceis de comparar. Podemos brincar com um bife, mas isso nunca dura muito tempo. Podemos tentar comer um brinquedo... mas não é um alimento muito nutritivo e corremos o risco de quebrar os dentes! Um e outro têm usos bem distintos. Porém, embora chamemos todas essas coisas de mercadorias, nem sempre o fazemos em função de sua utilidade, e sim, acima de tudo, porque elas são vendidas.

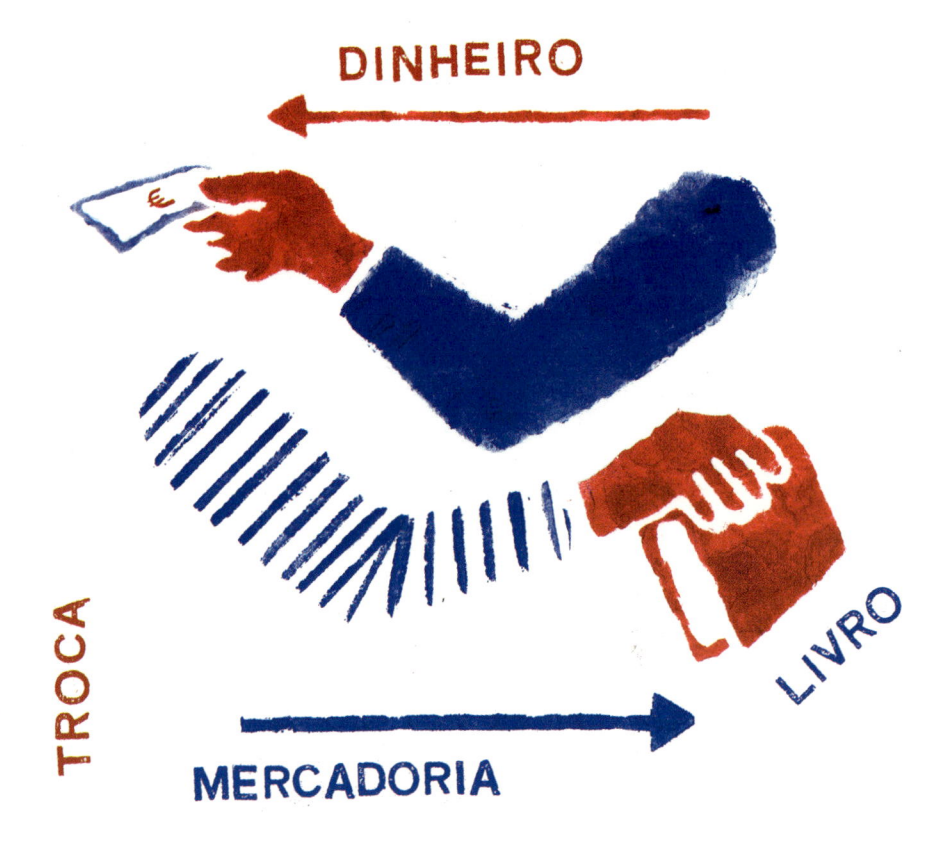

RELÓGIO DE PULSO	FÓSFORO	REMÉDIO
QUADRO	FACA	BICICLETA
GASOLINA	FUZIL	CARNE
MARTELO	PERA	PATINS

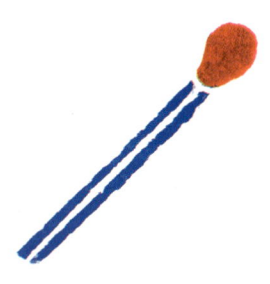

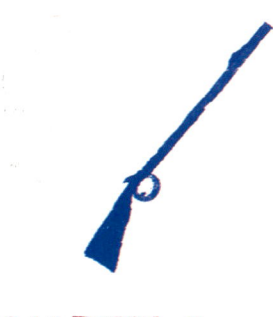

DINHEIRO

Se agora você se aproximar dessas mercadorias, não deixará de notar *preços* ao lado delas. Um quilo de batatas custa uma moeda grande; aquele brinquedo, dez moedas; a cadeira de palha, cinquenta moedas ou uma cédula. Mas, afinal, o que é um preço?

É uma determinada soma de dinheiro, quanto a isso concordamos. Vamos então adiante, pois precisamos elucidar os mistérios do Mercado! Lembre-se: o que é dinheiro? Moedas e cédulas, claro; metal mais ou menos precioso, ou até papel impresso. Esse metal ou esse papel não servem para nada, a não ser para comprar coisas; têm apenas um valor de uso, podendo ser trocados por certa quantidade de mercadoria.

Você sabe muito bem, deve ter ouvido falar, que não se brinca com dinheiro e também que "não se joga dinheiro pelo ralo". Ele é usado para comprar mercadorias. E, como essa compra pode se referir a diferentes objetos – batatas, brinquedos ou cadeiras –, o dinheiro é o *equivalente universal* dessas diferentes mercadorias. Portanto, o mercado da Praça das Festas é o lugar onde se trocam mercadorias por dinheiro vivo. Acho que você já tinha reparado nisso!

Até agora, porém, ainda não avançamos muito quanto às razões do preço estipulado para cada mercadoria. Por que um quilo de batatas custa uma moeda grande e uma cadeira de palha, cinquenta moedas ou uma cédula? Será a utilidade da mercadoria que estabelece seu preço? Se assim fosse, o preço das mercadorias variaria constantemente em função do que cada pessoa estimaria ser útil nesse ou naquele momento de sua vida! Por exemplo, um bife vale cem vezes mais do que uma cadeira de palha para quem está com fome, e um brinquedo, mil vezes mais do que um quilo de batatas para uma criança. Não, o preço das mercadorias não pode depender de sua utilidade. Não dependeria antes do trabalho necessário à sua produção? É isso que chamo de *valor-trabalho*: o preço de uma mercadoria e, mais genericamente, seu valor de troca estão associados ao tempo de trabalho necessário para produzi-la.

2. MARTELA

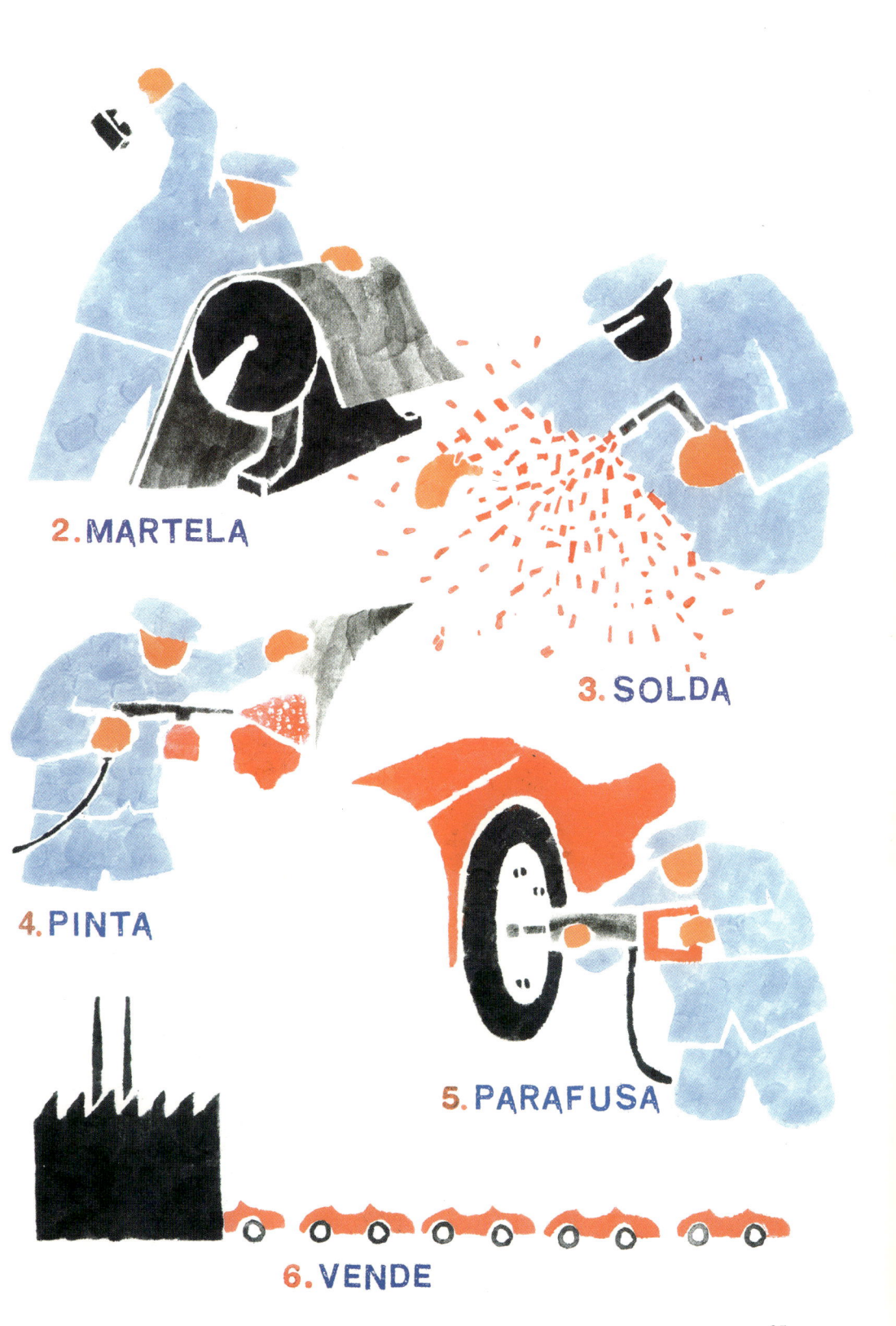

3. SOLDA

4. PINTA

5. PARAFUSA

6. VENDE

Assim, o mercado da Praça das Festas muda singularmente de figura: lá não se trocam mais mercadorias por dinheiro vivo, e sim um tanto de certa quantidade de trabalho, representada por dinheiro, por um tanto de outra, representada por mercadorias. Logo, o famoso Mercado que procuramos depende diretamente das condições em que se trabalha, ou das *relações de produção*. Isso significa que temos de sair do mercado da Praça das Festas, onde se vende, para ir visitar a fábrica, onde se trabalha.

Opa, *Das Kapital* acaba de terminar seu café e está indo justamente para sua fábrica. Vamos atrás dele!

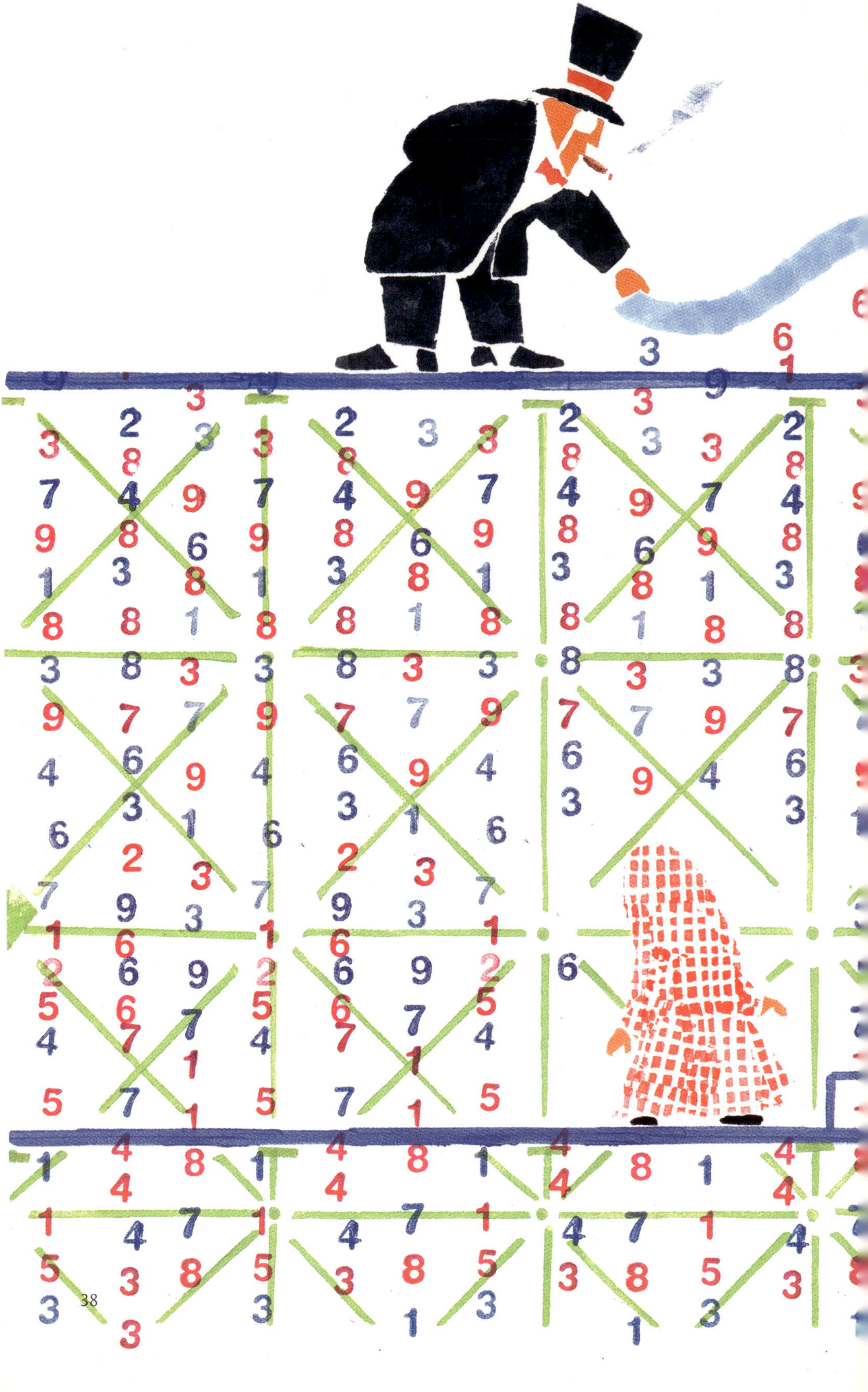

Bom, aqui estamos em seu escritório: *Das Kapital* está recebendo operários que o contramestre escolheu criteriosamente, pois eles trabalham pelo preço mais baixo. Aí vem um operário para assinar seu contrato de emprego. Vamos escutá-los: isso se chama "negociar", mas, como você verá nesse caso, nunca se "negocia" de verdade, pois *Das Kapital* dita suas condições.

"Senhor diretor, o senhor precisa me ajudar!", disse o operário. "Aceito o trabalho por essa mísera quantia porque me falta tudo. Minha mulher doente está de cama e nossos filhos têm fome. Já negociei com seu contramestre, mas preciso de um pouco de dinheiro adiantado, por favor!"

Mas, meu caro amigo – responde Das Kapital *–, o senhor não pode ignorar as regras do Mercado. Se não consegue criar decentemente os filhos, por que os faz? Sou eu o culpado pela sua situação?*

"Tudo corria bem, senhor diretor, eu era um pequeno comerciante, vendia cadeiras de palha que eu mesmo fabricava, mas a fábrica de cadeiras me arruinou vendendo suas mercadorias a preços mais baixos!"

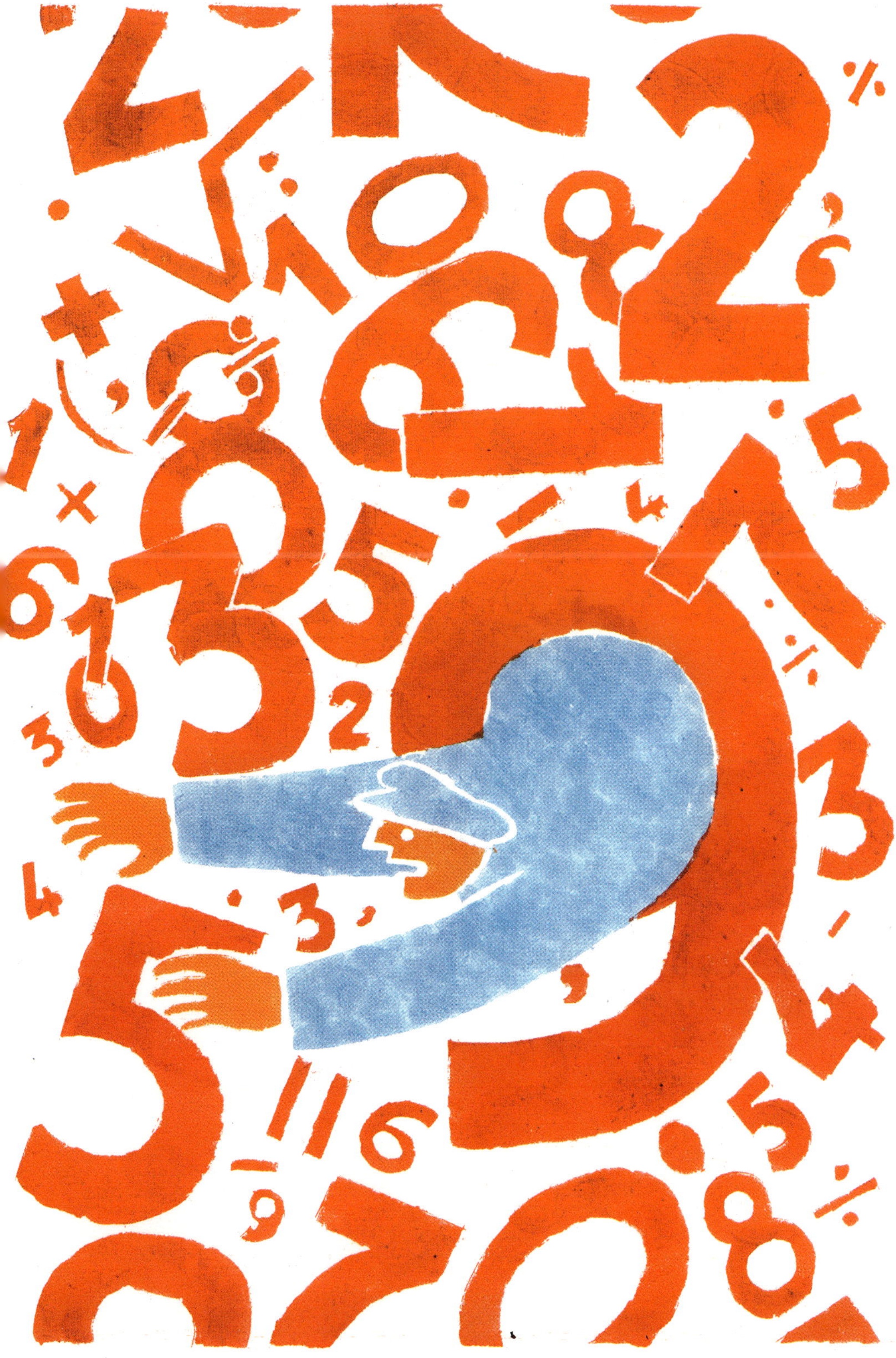

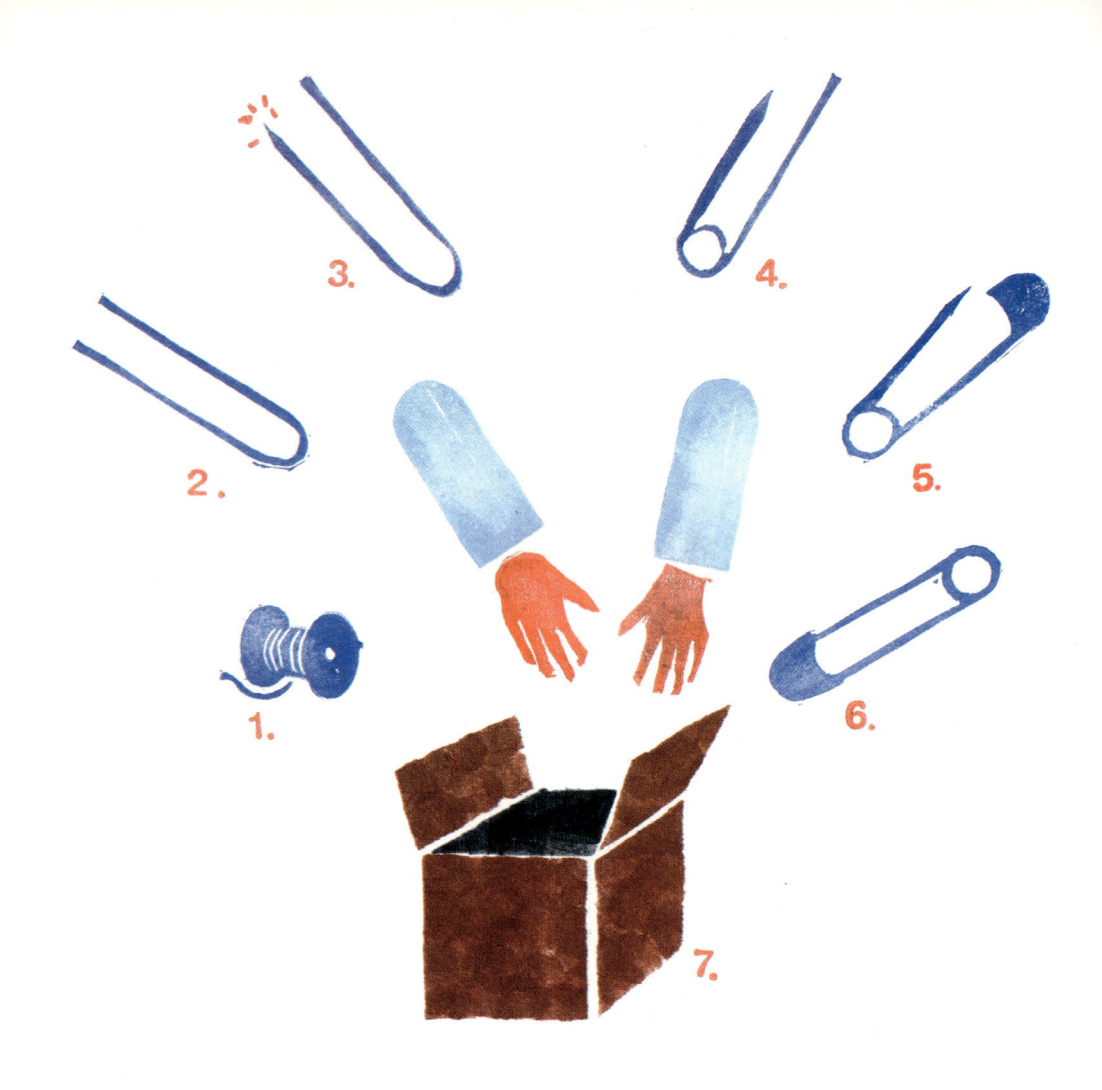

O que posso fazer? São as regras do Mercado... Permita-me explicar. O pai do meu pai era um pequeno comerciante, exatamente como o senhor! Mas não deixava de acompanhar as relações de produção. Na época, fabricava e vendia alfinetes. Seu trabalho era muito especializado. Ele precisava, a partir de um carretel de arame, puxar o fio, esticá-lo, cortá-lo, apontá-lo – isto é, modelar a ponta do alfinete –, depois achatar o outro lado e fabricar o que chamamos de cabeça do alfinete. Esse conjunto de tarefas era tão pesado que, sozinho, ele não conseguia produzir nem vinte alfinetes por dia, e seus operários, menos ainda.

Mas logo ele compreendeu que precisava dividir o trabalho para ganhar tempo e, consequentemente, dinheiro. Um operário para cada tarefa: um puxava o arame do carretel, o outro o esticava, o terceiro o cortava, o quarto o apontava, o quinto tinha a função de achatar a outra ponta, o sexto batia na cabeça, o sétimo lavava o alfinete e o último embalava. A ideia da divisão do trabalho era genial e, ao mesmo tempo, tão simples! Organizadas essas operações, foi possível produzir várias centenas de alfinetes por dia, as vendas aumentaram e ganhava-se muito mais dinheiro também. Cada operário tinha uma tarefa bastante modesta e simples a realizar, podendo repeti-la de forma mecânica.

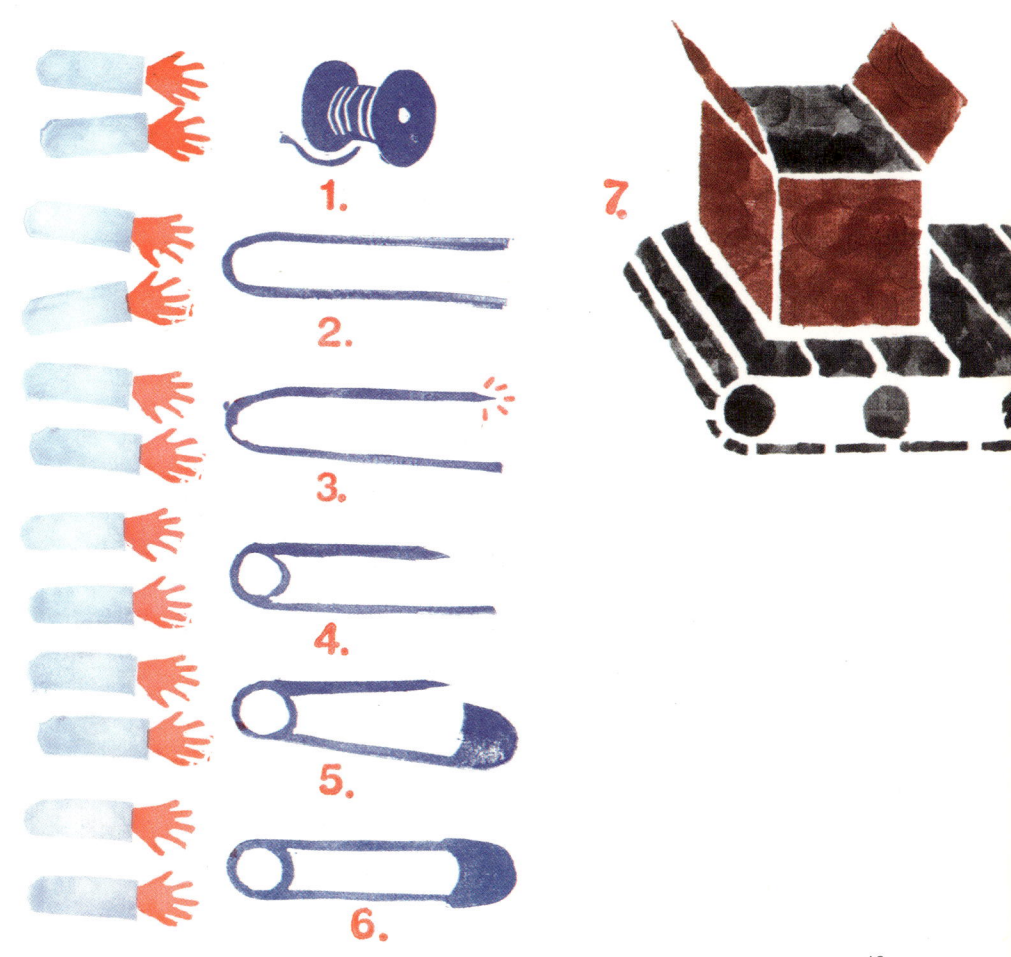

Alguns anos depois, quando meu pai comprou o que viria a ser uma fábrica de alfinetes, um engenheiro inglês inventou uma máquina capaz de produzir alfinetes automaticamente. Eram necessários tão somente dois operários: o primeiro para puxar o arame na entrada da máquina, e o segundo para embalar os alfinetes produzidos. E a máquina produzia mais de 10 mil alfinetes por dia! Os operários excedentes foram demitidos, e meu pai manteve apenas os que aceitavam o salário mais baixo.

45

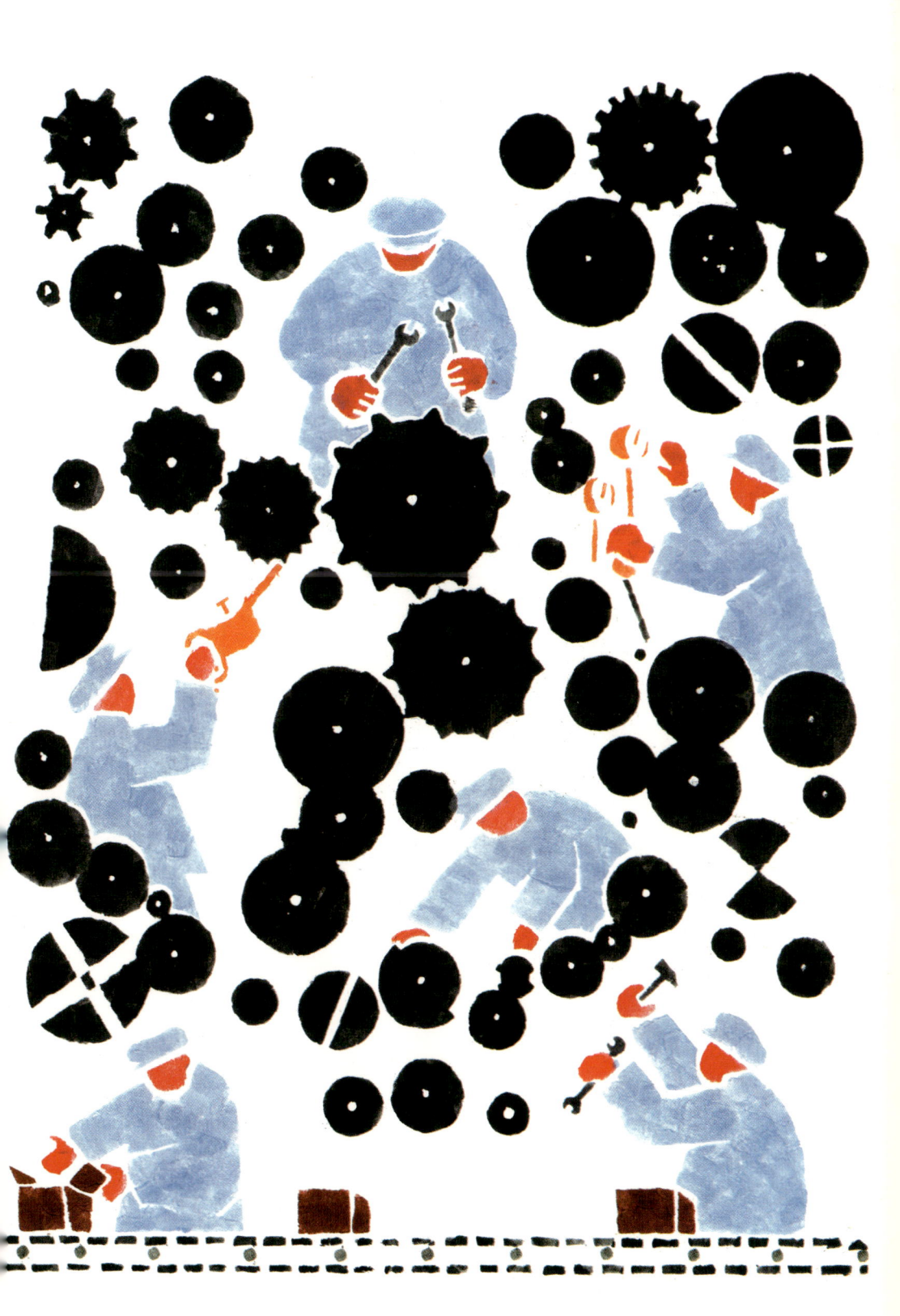

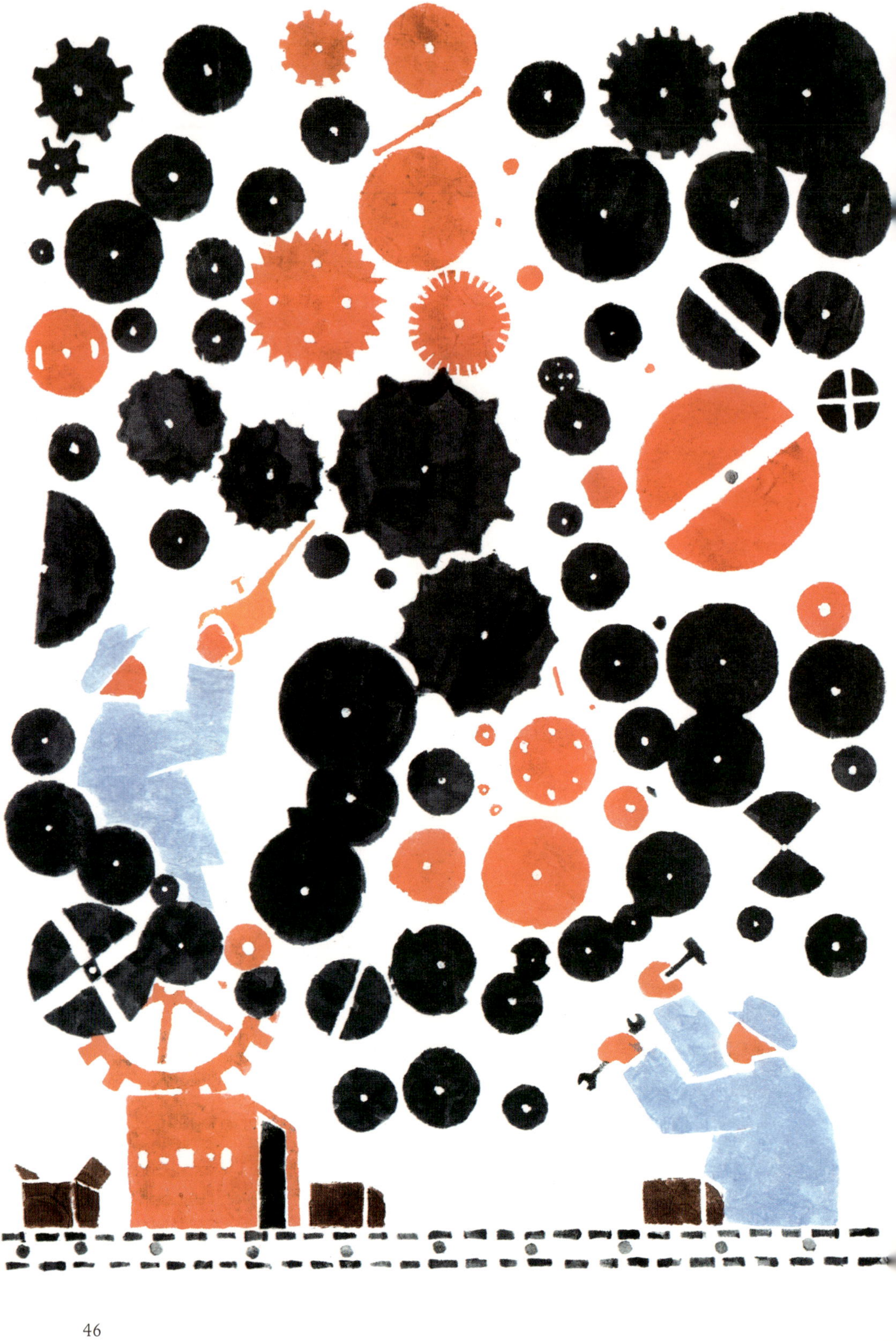

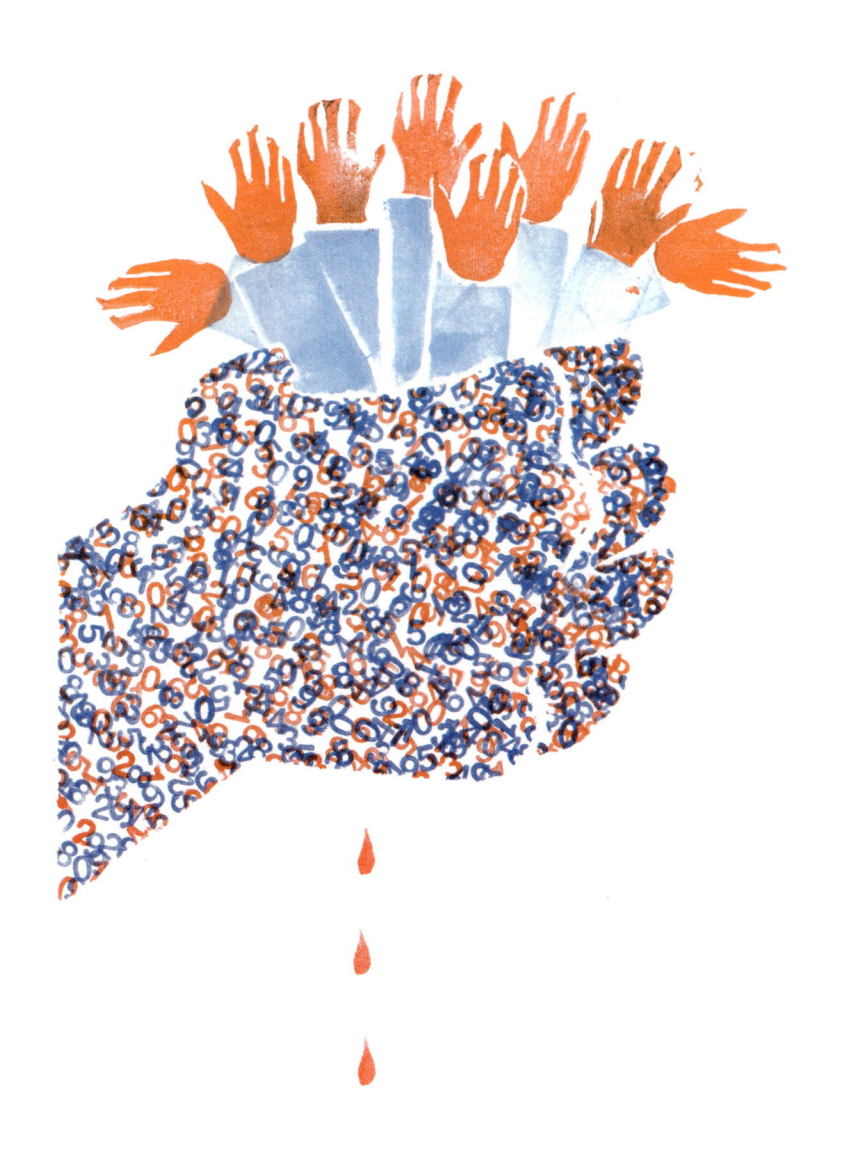

Ao operário descontente ou insatisfeito com esse trabalho simples e repetitivo, só restava ir embora: como sua tarefa não era nada especializada, qualquer um podia ocupar seu lugar, e eram muitos esperando do lado de fora, já que as máquinas haviam substituído os braços. Como o senhor mesmo demonstrou, em matéria de emprego é a boa vontade que prevalece, isto é, a vontade de trabalhar mais que o outro operário que também briga pelo posto!

"Mas, senhor diretor", disse o operário, "não seria possível pagar um pouco mais a seus empregados? Ou pelo menos deixá-los respirar um pouco, já que, pelo que me disseram, o ritmo aqui é muito puxado?"

Caro amigo, não sou eu que estabeleço o preço de seu esforço nem sua duração, é o senhor! De minha parte, não passo do proprietário dos meios de produção, isto é, da fábrica e das máquinas. O senhor vem me vender sua força de trabalho, a força de seus braços. Como qualquer um em um mercado, compro a força de trabalho que me vendem mais barato, é mais do que natural! Quando o senhor compra maçãs, prefere pagar o menor preço, não é? Para mim, o mesmo se dá com a sua força de trabalho!

Portanto, se não está satisfeito, conhece o caminho da saída. Há muita gente esperando no portão, operários de boa vontade e, quem sabe, mais generosos que o senhor?

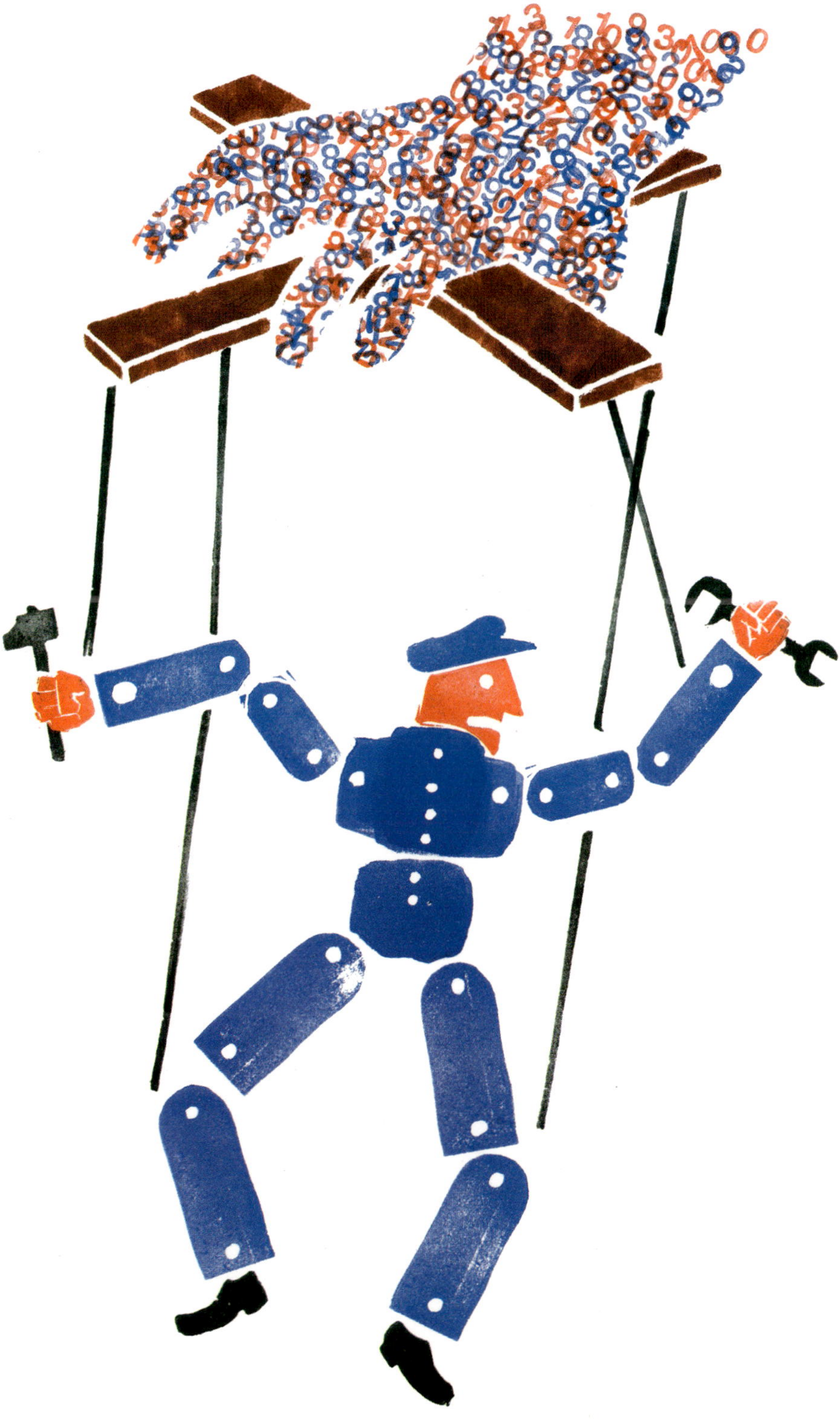

O que você acha? Acredito que já entendemos perfeitamente: o Mercado é isto também: o lugar onde operários e produtores são obrigados a vender sua força pelo menor preço àquele que detém o essencial, isto é, os meios de produção. O Mercado, portanto, não é um mágico, mas simplesmente a expressão de uma relação de produção: uma relação na qual a mercadoria é o homem, uma relação na qual o operário mais conveniente é o que trabalha mais, ou seja, durante mais tempo, para ganhar menos, permitindo assim àquele que detém os meios de produção ganhar ainda mais! Vamos então socorrer um pouco esse operário explorado! Entremos debaixo do lençol e incorporemos o fantasma.

1. ←   1. ←   1. ←

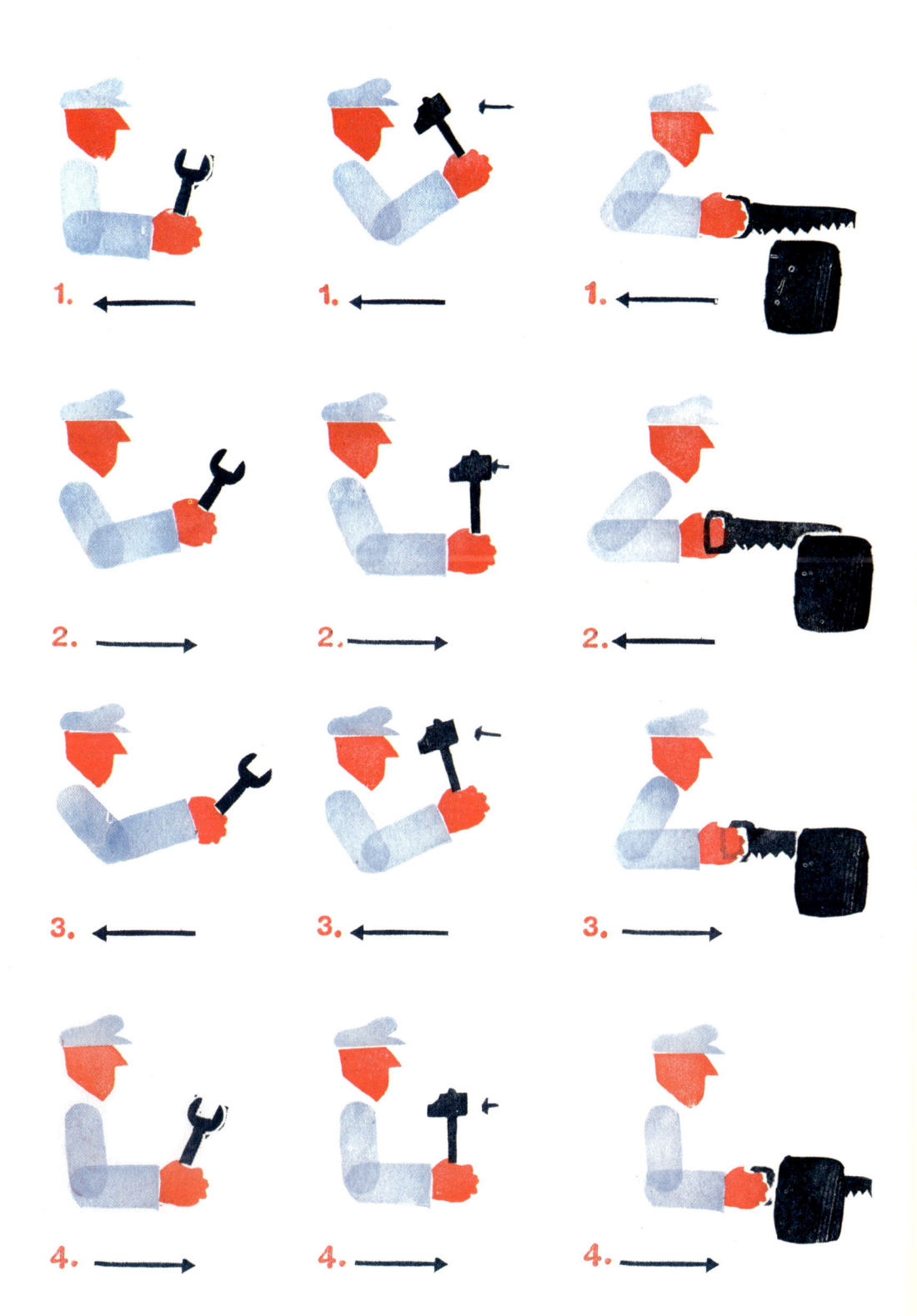

2. →   2. →   2. ←

3. ←   3. ←   3. →

4. →   4. →   4. →

Aaaahhh, socorro,
lá vem o espectro de Marx me assustar!
Vade retro, comunista!

"Que escândalo é esse, *Das Kapital*? Não seja ridículo! Socorrendo esse operário é o senhor mesmo que eu salvo. Pois essa situação não pode mais perdurar! O senhor sabe perfeitamente que um dia os operários, famintos e revoltados, virão procurá-lo e, quando esse dia chegar, por nada no mundo eu gostaria de estar no seu lugar... Pare de se esconder atrás desse Gênio Ardiloso chamado Mercado. O senhor vê claramente que o Mercado não está em lugar nenhum, a não ser no contrato injusto que o senhor obriga o operário a assinar."

Mas, se ele aceita, a culpa não é minha, ora bolas!

"O que o senhor diz é profundamente chocante, mas não totalmente falso. Senhor operário, o senhor deve recusar essa situação injusta, e recusá-la não individualmente, pois nesse caso haverá sempre alguém mais pobre ou desesperado que o senhor para ocupar seu lugar, mas sim coletivamente!"

"Mas, senhor fantasma, o que o senhor me aconselha fazer?"

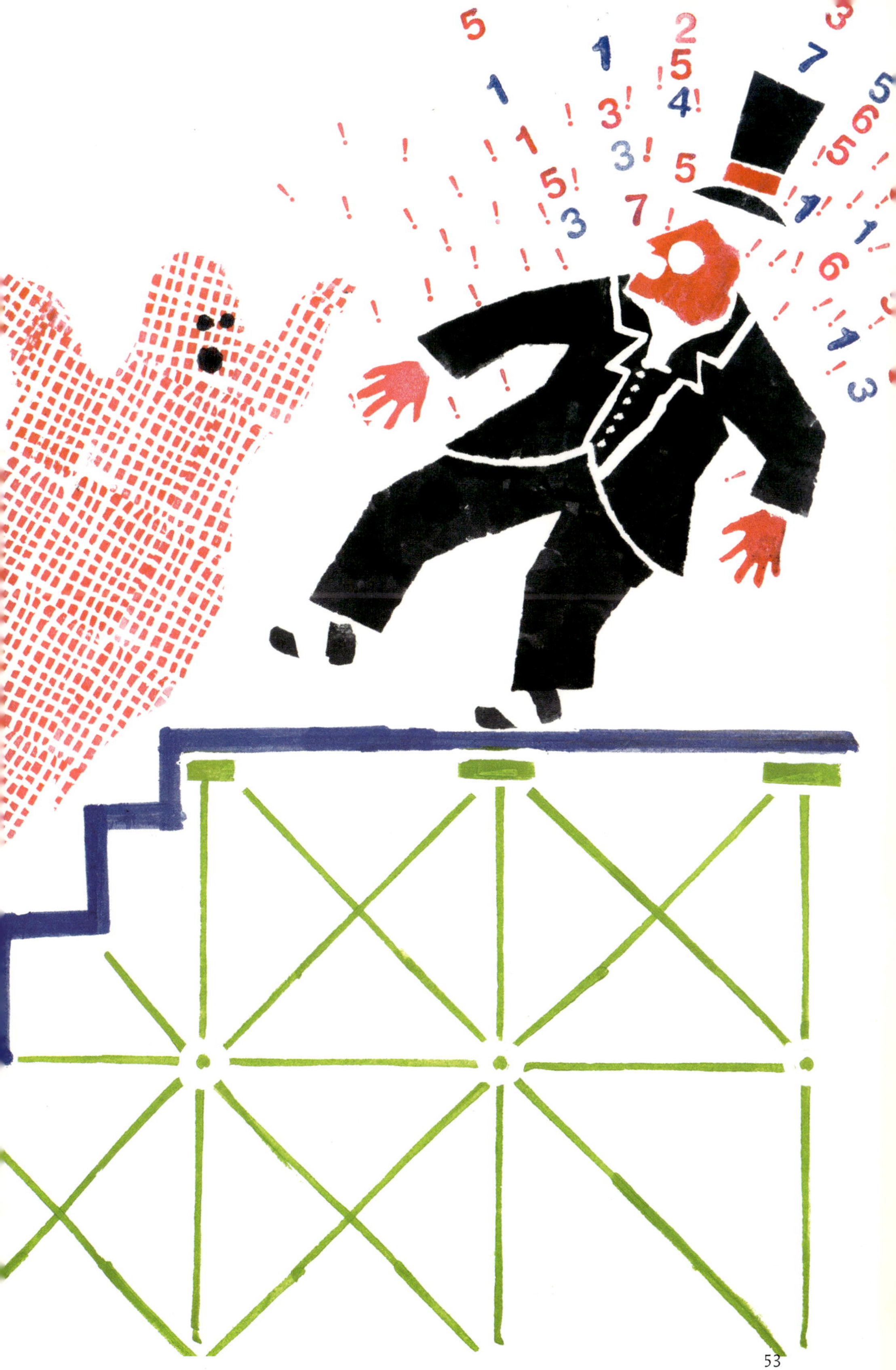

54

"Digamos que o meu remédio, proporcionalmente à doença, é mais radical. Como no fundo a injustiça do contrato reside na injustiça inicial da propriedade, pois alguns têm tudo, e outros não têm nada a não ser o corpo para vender, proponho simplesmente a abolição da propriedade privada!"

Ha, ha, ha - riu Das Kapital -, o senhor é completamente irresponsável, pobre amigo!

"Se ser responsável é aceitar a exploração da maioria por uns poucos, quero mais é ser irresponsável. Mas antes ouça: caberá ao proletariado, isto é, à massa dos operários explorados, abolir a propriedade. Uma vez abolida a propriedade privada, todos se sentirão livres no sentido próprio do termo, e não mais livres para se escravizar, para formar o simples prolongamento de uma máquina, por um salário de miséria! Todos contribuirão para a felicidade de todos sem se submeter ao outro, pois é a sociedade em seu conjunto que regulamentará a produção geral, e não alguns indivíduos em proveito próprio. Na maior parte do tempo, depois de realizadas as tarefas sociais necessárias — as que permitirão a todos se alimentarem, terem um teto e serem educados —, cada um poderá fazer o que quiser: inventar, ler, criar, pescar ou caçar de manhã, cuidar do gado à tarde e filosofar à noite, como bem lhe aprouver!"

O senhor é um idealista, isso nunca irá funcionar! - vociferou Das Kapital.

"Talvez, mas tentar libertar o homem de seus grilhões é a única coisa que vale a pena!"

"Pois eu o compreendo", disse o operário, "e discutirei suas ideias com meus camaradas proletários, trabalhadores que, como eu, nada têm."

Muito bem, muito bem, conspirem! – rosnou Das Kapital, suspirando. – Mesmo assim, sempre haverá homens responsáveis como eu para produzir mercadorias a um custo menor, como todo mundo deseja... O senhor fala em igualdade, e eu produzo a abundância!

"Abundância contra igualdade! Mas abundância para quem, no fim das contas? Abra o olho, senhor *Das Kapital*", advertiu o operário, "é melhor refletir um pouco também, pois se refletir tarde demais só lhe restarão as pernas para correr... e terá de correr rápido!"

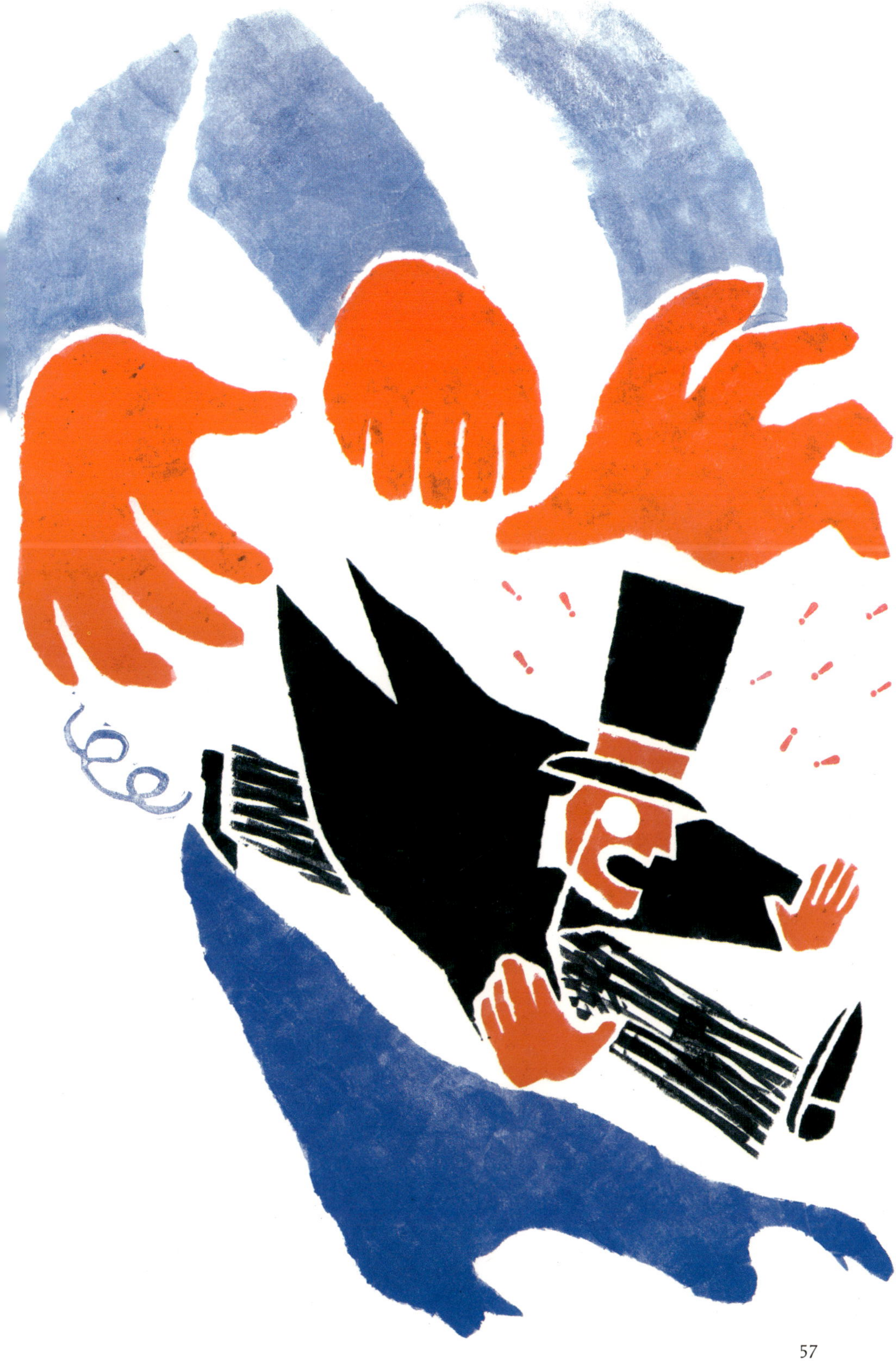

Ótimo! Deixemos *Das Kapital* e o operário, vejo que as coisas progridem! Mas não nos alegremos antes da hora: essa inversão de todos os nossos valores exige um esforço considerável, de ambos os lados! Pois não se trata pura e simplesmente de inverter a injustiça explorando aqueles que antes exploravam os outros, mas de acabar de vez com a exploração!

59

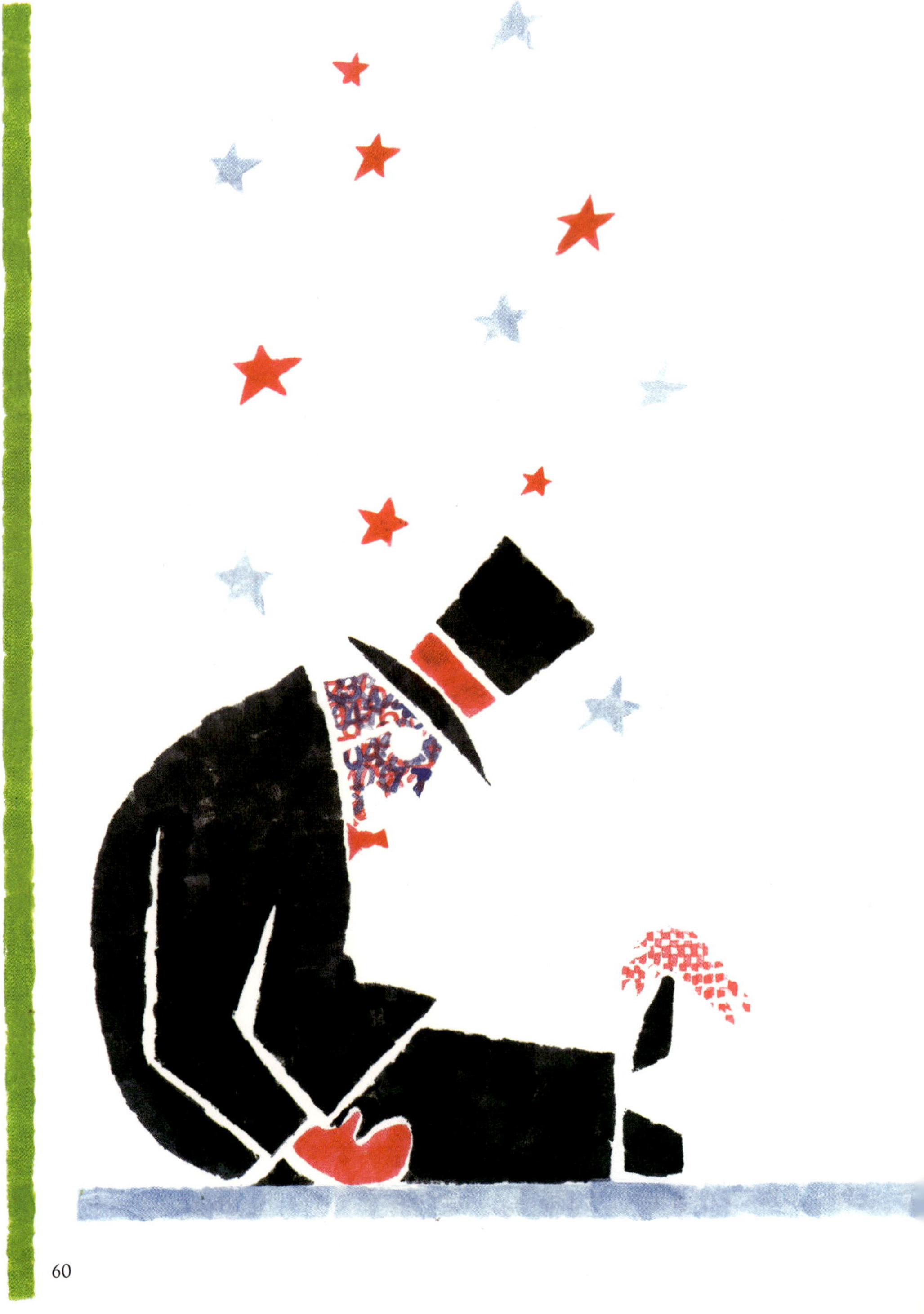

Voltarei em breve para provocar *Das Kapital* e seus operários! É esta minha pedagogia: voltar e assustar o mundo, tentar atrair sua atenção para minhas soluções radicais!
Dito isto, só resta me despedir de você, que me acompanhou nesta aventura, mas não se esqueça do nosso imperativo categórico, que agora você divide comigo: derrubar tudo o que faz do homem uma criatura humilhada, escravizada, abandonada, desprezada! Eis um pedaço do lençol dos tecelões da Silésia para você não se esquecer do nosso juramento! Agora preciso ir...

Você me pergunta aonde vou? Estou embarcando neste navio rumo aos Estados Unidos da América! Tenho um encontro marcado com...

Miss Wall Street Panic!

63

© 2012 Martins Editora Livraria Ltda., São Paulo, para a presente edição.
© Les petits Platons, 2010.
Esta obra foi originalmente publicada em francês sob o título *Le Fantôme de Karl Marx* por Ronan de Calan.
Design: Yohanna Nguyen

Publisher	Evandro Mendonça Martins Fontes
Coordenação editorial	Vanessa Faleck
Produção editorial	Cíntia de Paula
	Valéria Sorilha
Preparação	Lara Milani
Diagramação	Reverson Reis
Revisão	Flávia Merighi Valenciano
	Silvia Carvalho de Almeida

Dados Internacionais de Catalogação na Publicação (CIP)
(Câmara Brasileira do Livro, SP, Brasil)

Calan, Ronan de
  O fantasma de Karl Marx / escrito por Ronan de Calan ; ilustrado por Donatien Mary ; tradução André Telles. – São Paulo : Martins Fontes – selo Martins, 2012. – (Coleção Pequeno Filósofo).

  Título original: Le Fantôme de Karl Marx.
  ISBN 978-85-8063-057-2

  1. Filosofia - Literatura infantojuvenil 2. Literatura infantojuvenil
3. Marx, Karl, 1818-1883 I. Mary, Donatien. II. Título. III. Série.

12-04633   CDD-028.5

Índices para catálogo sistemático:

1. Filosofia : Literatura infantojuvenil 028.5
2. Filosofia : Literatura juvenil 028.5

Todos os direitos desta edição reservados à
Martins Editora Livraria Ltda.
Av. Dr. Arnaldo, 2076
01255-000 São Paulo SP Brasil
Tel.: (11) 3116 0000
info@martinseditora.com.br
www.martinsmartinsfontes.com.br